石黒くんに春は来ない

武田綾乃

幻冬舎文庫

contents

プロローグ　side justice

ボクはスマートフォンが苦手だった。もっと厳密に言えば、SNSが。たくさんの文字が氾濫して、自分の身体が情報で埋め尽くされてしまうような、そんなイメージ。LINEでは皆が噂話、Twitterでは自虐を繰り返し、Instagramでは虚栄心を見せびらかしてばかりいる。自分の持つこうしたイメージも、結局はネットから生まれたものだ。ボク自身が観察して気付いたものはない。ステレオタイプのレッテルすらも、誰かからのお下がりだ。

「正義《まさよし》さ、いい加減スマホ買ったら？」

放課後の教室。隅っこの席で、和也《かずや》が言う。ボクは自身の学生服の袖口を引っ張り、「うーん」と大袈裟に顔をしかめる。和也とボクが友達になったのは随分と昔のことだけれど、これだけの長い付き合いだというのに、彼とボクの一日の時間の使い方は全然違う。

和也はネットが好きだった。ネットの海に飛び込んで、見も知らぬ誰かと語り合う。自分という肉体を捨てて、匿名になれる場所。それがネットなのだと、和也は以前話していた。

でも、ボクにはそうは思えない。ネットと現実はもはや地続きで、完全な匿名でいられる場所などこの世界には存在しない。

「ボクの場合、スマホ買っても使いこなせないだろうなぁ。電化製品苦手だし」

「じゃ、俺が教えてあげるよ」

「和也、教え方下手じゃん。この前の国語の課題だってさ、読めば分かるとしか言わないし」

「いやだって、あれはそうとしか言えないし。現国なんて、そこに答え書いてあるじゃん」

「それが意味わかんないんだよなぁ。国語の問題、全部数式で書いてくれてたらボクも納得できるんだけど」

「数字だけの問題文とか、もはや国語の定義が崩壊してるな」

笑ったせいで、和也の身体が小さく揺れる。制服に身を包んでいても、その線の細さはすぐに分かる。ボクも和也も、体格に恵まれた方ではない。ボクはそのことを一度も気にしたことがないけれど、和也はずっと気にしている。小学生の頃から、ずっと。

「もしボクがスマホを買ったら、アドレス帳に最初に登録するのは和也にする」

「俺はお前の彼女か」

「彼女だったらそういうことするの？」

「いや、知らないけど。俺、付き合ったことないし」

「ボクもないよ」

「知ってる」

和也はしばらく笑って、それから小さく目元を拭《ぬぐ》った。ボクはその横顔を眺めている。最近、和也はよく「彼女」という言葉を口にするようになった。象徴としての恋人に憧れているというよりは、特定の誰かのことを何度も思い浮かべているような感じがする。ボクが何度聞いたって、彼はその答えをはぐらかしてしまうけれど。

「スキー合宿さ、俺、正義と同じグループが良かったな」

「なに？　突然」

「いや、くじで分けられたの最悪だなって。俺、田代君は少し苦手なんだよなぁ」

「その割に、発表された時は楽しそうな顔してたじゃん」

「え、顔に出てた？」

「出てたよ。だからボク、一緒のグループになりたい子がいたのかなって思ったんだけど」

「それは……」

和也の視線が、不自然に宙を彷徨《さまよ》った。透明な蚊を追いかけるみたいに、その黒目が不安定に震える。ボクはその様子を、じっと観察していた。目を逸《そ》らさず、ただ、冷静に。

硬直した和也の唇から、細く息が漏れた。薄い瞼《まぶた》の内側が眼球を優しく撫でる。歪《いびつ》に上がる口角をごまかそうともせず、和也は静かに微笑した。

「正義ってさ、ホント、ムカつくくらい綺麗な顔してるよな」

「いまその話関係なくない？」

「いや、俺もそれくらい顔が整ってたらなって」

「ボクは好きじゃないけどな、自分の顔。睫毛が長すぎる」

「贅沢《ぜいたく》言うなよ」

「え、どこが？」

首を捻《ひね》るボクの肩を、和也が強く叩いた。強くといっても彼の込める力なんてたかが知れているのだけれど、それでもボクは律儀に痛がるフリをする。なんとなく、そうした方がいい気がしたから。

「約束な」と和也は言った。「何が？」と尋ねたボクに、「アドレス帳」と彼は端的に答える。

「俺も、使い方教えてやるって約束する」

「話がポンポン飛ぶなぁ」

「お前のせいだよ」

もう一度肩を叩かれる。やっぱりちっとも痛くない。なんだか可笑しくなって、ボクは笑った。それに釣られて、和也も笑った。ボクは和也と過ごすこうした時間が好きだった。猫同士のじゃれ合いのような、誰を傷付けることもない穏やかな時間が。

それが失われる日がくるだなんて、想像すらしていなかった。

*

『男子高校生、スキー合宿で行方不明に』

二十八日午後八時ごろ、スキーのために入山した男子高校生一名が、集合時刻になっても戻ってこないと学校から警察に連絡が入った。××県警××署は遭難した可能性があると見ている。男子高校生は集団から離れて一人で行動をしていたと見られ、県警などがゲレンデ外の付近の山などを捜索している。

石黒くんに春は来ない

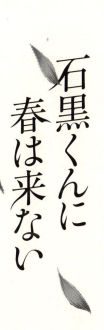

第一章　過去

美しい青春は、いつだって大人たちのものだ。薄汚い現実は時間によって濾過されて、くすぶった彼らの脳味噌のなかで鮮やかな記憶へと塗り替えられる。私は認めない。この息苦しく残酷な毎日を、美しいと呼ぶことを。

青春は美しくなんかない。世界は狭く、現実はおぞましい。陰鬱な毎日を繰り返しながら、私たちはいつだって死の誘惑に惹きつけられてばかりいる。

「恵《めぐみ》、ご飯食べよ」

声をかけられ、私はハッとして顔を上げた。昼休みに入った教室は騒がしく、生徒たちは各々のグループに分かれて昼食をとり始めていた。こちらに向かって駆け寄ってきたのは、クラスメイトの聖上茉希《せいじょうまき》だ。その隣では、彼女の親友である田島優奈《ゆうな》がひらひらと手を振っていた。

私は机と机を合わせるように並べ、三人分の席を確保する。「ありがとう」と言ってくる優奈に、私はへらりと笑顔を返した。

鞄から弁当箱を取り出し、軽く手を合わせる。いただきます、そう声に出さないのは、聞かれるのがなんとなく恥ずかしいからだ。

「今日はハンバーグ？」

パンを頬張りながら、茉希がこちらをのぞき込んでくる。整髪料を使っているのだろうか、動きに合わせて甘ったるい香りが私の鼻先を掠《かす》めた。高い位置でひとつに束ねた黒髪の先端を、茉希は指先でするりとなでる。短く切りそろえられた彼女の爪には、何も塗られていなかった。化粧っけのない彼女の肌へと視線を滑らせると、額にある赤いニキビが少しばかり目立っていた。

「昨日の晩御飯の残り」

「茉希ちゃんはパンなんだね」

私の正面に座る優奈が、茉希へと声をかける。癖っ毛混じりのツインテールが優奈の肩の上で揺れていた。やや少女趣味のようにも思えるピンク色のリボンは、有名なブランドのものらしい。

「今日はなんと、駅前のマツイで買ってきました」と、茉希が胸を張って言う。マツイというのはここらへんでは有名なパン屋だった。新鮮な果物を使ったフルーツサンドがとくに有名で、わざわざ県外から買いに来る客もいるそうだ。

「あそこ混むでしょ。並んだの？」

「並んだよ。超並んだ」

朝の混雑ぶりを思い出したのか、茉希は軽く眉間にしわを寄せた。

「マツイのパン、美味しいよね。私も好き」

優奈がふふと笑みをこぼす。その手には、昼食代わりに買ったシュークリームが握られていた。優奈はいつも昼休みの時間になると甘いものばかり食べている。ごはんは太るからというのが彼女の言い分だが、栄養はあまりとれなそうだ。

「恵ちゃん、ひと口いる？」

こちらの視線を勘違いしたのか、優奈がシュークリームを差し出してきた。私は首を横に振る。

「いや、いいよ。大丈夫」

「そう？」

残念そうな顔をしたまま、優奈はシュークリームへとかじりついた。薄皮からとろりと黄色のクリームが垂れている。それを指で舐め取り、彼女は幸せそうに目を細めた。

「優奈って、ホント甘いもの好きだよねー」

茉希が可笑しそうにクスクスと身体を揺らす。優奈が恥ずかしそうに目を伏せた。

「だって、美味しいし」

「その割には太らないよね」

私はシャツ越しに優奈のお腹の肉をつかんだ。親指と人差し指のあいだに差し込まれた贅肉は、ふたつまみ程度といったところだろうか。太っていると言われるほどではないが、優奈は丸みを帯びた体形をしている。

「やめてよー」

「えー、いいじゃん。減るもんじゃないし」

赤いプラスチック製の箸をミニトマトへ突き刺し、私は口端を吊り上げた。「もう」と優奈が赤面したまま頰を膨らませる。その視線が、一瞬だけ窓ガラスへと動いたのが見えた。角度を調整するみたいに、優奈は顎をわずかに引く。こうした瞬間に、優奈の自己愛が垣間見える。彼女は自分の顔が好きなのだ。

フルーツサンドを飲み込み、茉希が口を開いた。

「そういえばさ、あの話聞いた？」

私と優奈は互いに顔を見合わせた。

「あの話？」

「何それ」

　じつはね。そう茉希が言葉を続けようとした刹那、教室の扉が騒々しく開かれた。一瞬、教室に嫌な沈黙が落ちる。それを押し潰すような、少年少女たちの甲高いわめき声。入ってきた男女の集団は、久住京香《くずみきょうか》とその取り巻きたちだった。

「うっわー、サイアク。今日せっかく髪巻いたのに、もう取れてきてる」

「えー、大丈夫だって。気になんないよ」

「ほんとに？」

自身の髪を指先でもてあそびながら、京香は大きくため息をついた。机に腰かけ、彼女は見せつけるかのようにその長い脚を組む。スカートから大胆にさらされる太もも。黒のハイソックスに覆われたふくらはぎはしなやかに伸びており、シャツ越しにわかる身体のラインは明らかに細い。腰に巻かれたパステルカラーのカーディガンは深緑色のスカートによく映えていた。

エクステを装着した長い睫毛を上下に揺らし、京香は退屈そうな表情でコンビニの袋からサラダカップを取り出した。隣で、彼女の友人である長谷川律が驚きの声を上げる。

「え、サラダだけ？」

「うーん、ちょっと食欲なくてね」

「何かあったのか？」

京香の隣に座っていた田代良久《よしひさ》が、さりげなく彼女の腰を抱き寄せた。それを眺めていた茉希が、ゲッと露骨に嫌そうな表情を浮かべた。「気持ち悪い」茉希の唇が象《かたど》るその言葉に、私は思わず苦笑した。

京香は田代にしなだれかかり、そうなの、と憤慨した様子でうなずいた。

「じつはさ、今日の朝、痴漢されて」

「それは最悪だね」

「痴漢とか、キモすぎでしょ」

周囲の反応に京香は大きくため息をついた。脚を組み替え、彼女は嫌悪に顔をゆがませる。その指先が、自身の二の腕を強くつかんだ。

「犯人はどうした？」

田代の問いに、京香はフンと鼻を鳴らした。

「駅員に突き出してやった。明らかに痴漢なのにさ、俺はやってませんとか言うの。あー、思い出しただけで気持ち悪くなってきた」

「京香、可愛いからね。狙われちゃうのも仕方ないよ。この前も盗撮されたんでしょ？」

「そうそう。もうホントに最悪」

苛立《いらだ》たしげに吐き捨てた京香の頭を、田代が無言でなでている。それを見ていた茉希はますます気分が悪くなったようで、こちらにだけ見えるように舌を突き出した。優奈はシュークリームの最後の欠片《かけら》を口に放り込むと、密やかにささやいた。

「茉希ちゃん、恵ちゃん。トイレ行こうよ」

その言葉に、私たちは無言でうなずいた。京香たちの集団に目をつけられないように気を配りながら、私たちはさりげなさを装って教室をあとにした。


久住京香はこの学校の女王様だ。学内に存在する絶対的なカースト、その最上位に位置する特別な存在。彼女の周囲にはいつも華やかなグループが形成され、そこに属するに値する人間たちが集まってくる。その外側にいるおとなしい生徒たちは教室の隅へと追いやられ、息を殺して彼らの様子をうかがうしかない。

上下関係ってどうして存在するんだろう。蛇口から流れる水に指の先端を触れさせると、ひやりとした感触が皮膚の上を走っていった。鏡のなかの自分と目を合わせ、私はひとつため息を落とす。私たちは学内のカーストのなかでも特殊な立ち位置についていた。優奈や茉希を含め、誰も部活には所属していないし、地味なグループにも派手なグループにも入っていない。どのポジションにつくこともなく、ただ見下されるのを恐れてフラフラと立ち位置を変える。タチが悪いな、と自分でもわかっている。だけど、それが私の処世術なのだ。これ以外の振る舞い方が、私にはわからない。

「あー、相変わらずキモいキモい」

手を洗いながら、茉希がぶるりと身を震わせた。その隣で優奈が苦笑する。

「茉希ちゃんは久住さんたちのこと嫌いだよね」

「だってさ、キモいんだもん。田代のあの手つきがキモい。さかるなら家でやれよって感じ」

先ほどから茉希の手は何度も石鹼のポンプを押していた。噴き出される泡を受け止め、彼女は汚れを落とそうと必死にゴシゴシと手を動かす。茉希の潔癖な性格は、こういう部分にも表れる。

「あーあ、ほんと汚らわしい」

吐き捨てるように告げられた言葉に、私は乾いた笑みを貼りつけた。もう高校二年生だというのに、彼女は異性との接触をひどく汚いものだと考えている。ハグもダメ、キスもダメ。セックスなんて、絶対ダメ。そういう彼女の潔癖なところに、私は好感を抱いている。

「でもさ、田代くんと久住さんって、付き合ってないんだよね？」

優奈の台詞《せりふ》に、茉希は眉間に皺を寄せた。

「はあ？　あれで？」

「田代くんが久住さんを狙ってるだけでしょ。ま、久住さんのほうもまんざらじゃないっぽいけど。でもほら、久住さんにはあの子がいるし。言い寄ってくる男の子と仲良くしてあげてるって感覚なのかもね」

あの子、という単語を口にしたとき、優奈は意味ありげに目配せをした。その手から流れる純白の泡が、ゴポゴポと音を立てて排水口へと呑み込まれていく。

田代良久の女好きは一年生のころから有名だった。彼は容姿の優れた女子には優しい。しかしその他の女子をあまりにも邪険に扱うため、周囲の評判はあまりよくなかった。

「久住さんって、付き合ってもすぐ別れちゃうんだよね。前も一カ月もたなかったし」

「なんで優奈がそんなこと知ってんの？」

じろりと優奈に視線を送る茉希の手は、いまだに泡だらけだった。言い訳するように、優奈が慌てて口を開く。

「本人たちがしゃべってるのをよく聞くから……恵ちゃんも聞いたことあるでしょ？」

「確かに、前にそんな感じのこと言ってたね」

私がうなずくと、茉希が「へー」と平板な声を漏らした。

「ま、久住が誰と付き合おうがどうでもいいけどね。人前でいちゃつかなければ」

「確かに、目のやり場に困っちゃうしね」

優奈がくすくすと笑う。茉希は手を振って水滴を払うと、優奈のハンカチを借りて手を拭った。桃色の布地が水分を吸って濃く変色する。彼女の手の甲に残る水滴に視線を落とし、ふと私は先ほどのことを思い出した。

「そういえばさ、さっき茉希が言いかけたことって、何？」

「さっきって？」

「ほら、久住さんたちが入ってくる前に何か言いかけたでしょ？」

「あぁ、あれね」

自身の発言を思い出したのか、茉希がポンと軽く手を打った。「あれって？」と、優奈が話の続きを促す。

「いやさ、学年グループの」

「学年グループ？」

首をひねった私とは対照的に、優奈は内容を察した様子でため息を漏らした。

「あぁ、例のＬＩＮＥのやつか」

「そうそう」

ＬＩＮＥというのは無料通話とメッセージのやり取りができるアプリの名だ。チャット感覚で連絡できる便利なコミュニケーションツールである。手軽に連絡が取り合えるため、最近では友人とやり取りするときはメールではなくＬＩＮＥを使うことが多い。

「なんかさ、結構前に久住たちがＬＩＮＥグループ作ってたらしいよ」

そう言いながら、茉希がブレザーのポケットからスマホを取り出した。黄色いプラスチック製のカバーは、落としたせいで端の部分が欠けていた。これ、と茉希が私のほうへ画面を突き出す。

『石黒くんを待つ会』

表示されたグループ名に、私は無意識のうちに息を止めていた。とっさに胸を掠めたのは、おそらく強烈な嫌悪感だ。石黒くん。その名前を、私は声もなくつぶやいた。誰かがトイレの扉を閉める音が聞こえる。水が流れる音が、狭い空間に響き渡った。

目を閉じると、光の残滓が瞼の裏に張りついている。脳内をよぎる過去の思い出。この光みたいな、そんな白い雪が降る日だった。黄色のしなびたダウンジャケットを着た彼は、寒さをごまかすように自身の手のひらをすり合わせていた。「やっぱ寒いね」そう照れたように笑う彼の声音を、私はいまでもはっきりと覚えている。ネックウォーマーの隙間からのぞく彼の鼻先は赤く染まっていて、黒いキャップには埃《ほこり》みたいに細やかな雪が積もっていた。石黒くん。思い描いた名前は声になることもなく、喉の奥で潰れてしまった。

茉希がフンと鼻を鳴らした。

「胸糞悪いグループ名だわ、マジで。お前らがよくこの名前つけられるなって感じ」

「それ、学年グループなの？」

私の問いに、優奈がうなずく。

「らしいよ。まあ、私も誘われてないんだけどね」

茉希が指先をスマホの画面に滑らせた。

「私さ、昨日、二組の友達に招待されてこのグループに入ったのね。まあ、普段は久住たちがしゃべってるだけのグループなんだけど。たまに課題とかテストとかの情報が入ってくるから便利らしくてさ。もしよかったら二人とも招待するけど」

その言葉に、私と優奈は顔を見合わせた。ＬＩＮＥのグループは参加しているメンバーが新しい人間を招待することで、参加人数を増やすことができるのだ。

「招待してもらおうかな。せっかくだし」

「私も」

こちらの意見に合わせるように、優奈がこくりとうなずいた。「おっけー」と茉希は軽やかな口調で答えると、スマホの画面を指でなでた。

『茉希がグループに招待しました』

自身のスマホに現れた通知を一瞥し、ありがとうと礼を言う。そのまま参加承認のボタンを押すと、グループメンバーの欄に自身の名前が加わった。水色の背景画面に唐突に浮かぶ、自分のアカウント名。

『北村恵が参加しました』

自分の名前が複数の人間にさらされるこの瞬間が、私は嫌いだ。まるで場違いみたいに、吹き出しと吹き出しのあいだに挟まる事務的な表示。よくよくグループを観察すると、招待中の生徒は複数存在していた。いまのところ、参加人数は百五十三人。現在この学校には二年生が二百人近く在籍しているため、そのうちの大半がこのグループに参加していることとなる。

グループに参加した直後から、スマホの通知が止まらなくなった。続々と増え続ける白色の吹き出しは、いままさにＬＩＮＥ上で会話が行われている証だ。見ると、先ほどの茉希の言葉どおり、京香たちがどうでもいいような雑談を繰り広げていた。私はろくにその内容も見ずに、無言でスマホを切った。

「あ、そういえばさ」

まるでいま思い出したかのように、茉希がこちらへと視線を向けた。その隣では優奈が無表情でLINEのトーク履歴を眺めている。

「このグループ、花も誘う？」

その問いに、私は唾を飲んだ。ゴクリと喉が鳴る音が耳元で聞こえる。

「えっと、」

言葉を詰まらせ、私は茉希の顔を見やった。彼女の眼差しに一切の曇りはなく、ただ単純にこちらの意向をうかがっているだけに思えた。石黒くんを待つ会。久住たちの作ったグループ。情報が脳内を錯綜し、みるみるうちに自身の意見が作り上げられていく。

私はハッキリと首を横に振った。

「いまはいいよ。入りたいかどうか、あとで私から直接聞いてみる」

「……そっか」

私の返答をどう捉えたのか、茉希はこちらから視線を外した。スマホをいじっていた優奈が小首を傾《かし》げる。

「恵ちゃん、今日も花ちゃんの家に行くの？」

「うん、そのつもり」

「毎日大変そうだね。花ちゃん、学校には……その、」

「まだ来ないみたい」

言いにくそうに濁《にご》された優奈の言葉の続きを、私は気にしていないふうを装いすくい上げた。その反応に優奈は眉尻を下げ、そうなんだ、と残念そうにつぶやいた。心優しい彼女のことだ、花のことを思って心を痛めているのかもしれない。その背を、茉希が力強く叩く。

「まあまあ、急かさなくてもいつかは戻ってきてくれるよ」

「だと、いいんだけどね」

「それに、花には恵いるし。大丈夫っしょ」

ね、と微笑みかけられ、私は曖昧にうなずいた。

「まあ、花的にはありがた迷惑かもしんないんだけどね」

そう自嘲するように目を伏せた私の腕を、優奈が力いっぱい握りしめる。彼女の手はとても小さい。皮膚に食い込む柔らかな指の感触に、私は目を見張った。

「私、花ちゃんの気持ちはわかんないけど。でも、恵ちゃんがいてくれて花ちゃんすごくうれしいと思う。一人って絶対寂しいし。だから、その、ありがた迷惑とか絶対思ってないと思う」

顔を真っ赤にして力説する優奈に、私は思わず噴き出した。真剣な面持ちで優奈を見つめていた茉希も、釣られるようにして笑みをこぼす。笑われた優奈だけが混乱している様子で、「え？」と恥ずかしそうに二人の顔を交互に見交わしていた。私は口端を持ち上げると、その肩を軽く叩いた。

「ありがと、元気出た」

「やっぱ優奈は最高だわー」

ケラケラと笑う茉希の様子に、からかわれていると思ったのか、優奈が唇をとがらせる。

「茉希ちゃん、馬鹿にしてるでしょ」

「してないしてない」

言い合う二人をよそに、私は腕時計へ視線を落とした。もうすぐ授業が始まりそうだ。ポケットに入ったままのスマホを布越しに触りながら、私は二人へと呼びかけた。

「ほら、そろそろ教室戻ろ。授業始まっちゃうよ」

その言葉に、二人は素直に返事をした。優奈と茉希。彼女たちは今日も相変わらず仲がいい。だからこそ感じる、ほんの少しの疎外感。「奇数のグループはダメだよ、余りが出るから」そう告げる花の険しい横顔をふいに思い出し、私は深いため息をついた。

放課後の図書室はいつだってひどく静かだ。新刊と書かれた文庫本を手に取り、そのあらすじに視線を走らせる。安っぽい宣伝文句が書かれた帯に指を滑らせ、私はそれを棚へ戻した。先ほどから同じ動作を何度も繰り返している気がする。

「それ、借りないの？」

唐突に声をかけられ、私はビクリと身を揺らした。隣に立っていたのは、クラスメイトの宇正正義だった。「ジャスティス」とからかい混じりに呼ばれる彼は、二年四組の学級委員長をしている。切れ長の瞳に、すっと通った鼻筋。スラリと伸びた長い手足と整った容貌は、彼の持つ最大の武器であった。銀縁の眼鏡を持ち上げ、宇正は私の戻した本の背表紙をのぞき込んだ。

「恋愛小説？　北村さん、こういうの読むの？」

「読まないけど。花のとこに持ってく本を選んでたの」

「あぁ、そういえば北村さんは佐々木さんと仲がよかったね」

宇正が納得した様子でうなずく。居心地の悪さを隠そうともせず、私は大きく身じろぎした。

「佐々木さんって、どんな本が好きなの？」

「花の好きな本？　推理小説とか、まったり日常系とか、そういうタイプ」

「へえ、じゃあボクのオススメを持っていってよ。絶対おもしろいからさ」

頼んでもいないのに、彼はそう言って私の腕をぐいぐいと引っ張った。「引っ張らないでよ」と言っているにもかかわらず、彼はとくにこちらの様子を気にしていないようだった。

短く切りそろえられた襟足からは、宇正の真っ白な首筋がさらされている。華奢《きゃしゃ》な線を描くその輪郭をぼんやりと眺めていると、ふいに宇正がこちらを振り返った。彼は人けのない本棚の前へと私を引っ張り込むと、私の腕に本を押し付けた。

随分と厚みのある本だった。

「ほら、これ。ボクのイチオシ」

受け取ると、ずしりと重い。生物大百科。鮮やかなカラーで刻まれたその題名は、どう考えても女子高生に持っていくのに適切な本だとは思えなかった。私が険しい表情で腕のなかにある本を見下ろしているあいだ、宇正は興味津々とばかりにこちらの様子をうかがっている。

「気に入った？」

気に入るわけないでしょ。とは、さすがに言えなかった。愛想笑いを貼りつけ、私は曖昧な言葉を返す。

「あぁ、うん。まあ、ありがとう」

その反応に満足したのか、宇正の瞳がうれしげに弧を描いた。

「それならよかった。それじゃ、ボクそろそろ委員会だから」

彼はそう言って、ひらりとこちらに手を振った。その大きな手のひらが左右に揺れるのを一瞥し、私も小さく手を振り返す。こちらに話しかけてきたのと同じ唐突さで、宇正は私の前から去っていった。騒がしい少年が姿を消し、図書室には再び静寂が訪れる。重たい本の表紙をペラリとめくり、私はその中身を確認した。小難しい専門用語が並ぶ文章を見下ろし、これを花に持っていくか逡巡する。

「本当、ありがた迷惑だわ」

ため息交じりに落としたつぶやきは、やけに冷たい響きを伴って絨毯へと吸い込まれていった。


「でも、結局持ってきたんだ?」

くすくすと可笑しそうに笑う花に、私は頬を膨らませた。彼女のベッドへ断りもなく寝そべり、その枕に顔をうずめる。シャンプーの匂いだろうか、なんだか甘い香りがした。花と同じ匂いだ。

「宇正くん、いい人なんだけどねぇ」

ベッドのスプリングがギシリときしむ。顔を上げると、花がベッドのあいたスペースに腰かけていた。中途半端にまくられたパジャマの袖口から細い手首がのぞいている。くたびれた水色のパジャマは、彼女のお気に入りだった。

「制服、皺になっちゃうよ」

「んー」

笑い混じりの花の言葉に、私は気のない声を返した。彼女は困ったように目尻に皺を寄せる。その双眸が、先ほどのあの大きな本に向けられた。ぱらりと紙がこすれる音が響く。穏やかな空気に浸るように、私は目を閉じた。カラカラカラ。頭上からはハムスターが回し車を回す音が聞こえていた。

「花の部屋って、本当に居心地いいよねー」

「そう？　汚いでしょ」

「汚いのはもう慣れたよ」

私の台詞に、花はコロコロと愉快そうに喉を鳴らした。私は目だけを動かして、この狭い空間の中身を把握する。つけっぱなしのパソコン。積み上げられたままの雑誌の山。ゲームの画集。書きかけのノート。乱雑に散らばる洋服たち。生活感にあふれたこの部屋は、自分の部屋とは全然違う。最初のころはその汚さに、入るたびに顔をしかめていたはずなのに、毎日通っているうちにいつの間にか自分の部屋にいるよりも落ち着くようになっていた。もしかしたら、花が発しているこの匂いのせいかもしれない。彼女の髪から漂う甘ったるい香りは、なぜだか私を落ち着かせた。

「花はもう、学校来ないの？」

何げなさを装って、私は彼女へと問いをぶつけた。もう何度目なのかわからない問いだ。ページをめくっていた花の手が、一瞬にして動きを止める。どちらも動かない。何も言わない。ただ、先ほど私が発した言葉たちだけが、なんとも気まずそうにこの狭い室内を漂っていた。硬い黒髪の隙間から、彼女の丸みを帯びた頬が見える。手を伸ばし、傷みのない黒髪を指でなぞると、花はようやく視線をこちらに向けた。化粧っけのない双眸が私を捉える。

彼女は困ったように目を細め、「ごめんね」と短く告げた。

「まだ、怖いの」

「そっか」

私はゆっくりと身体を起こした。靴下の先端を引っ張り、無理やりに脱ぎ捨てる。黒のハイソックスを鞄のなかへと投げつけるが、狙いは外れてカーペットの上で転がった。「残念だったね」と花がつぶやく。

「その本、おもしろい？」

「これ？　まあまあかな」

私は花の肩へ手を置くと、紙面に視線を落とした。小難しい単語がたくさん登場しているせいで、私には意味がよく理解できない。わかるのは、ページに写る動物たちがみな生き生きとした表情を浮かべているということだけだ。花が再びページをめくる。

「宇正はなんでこんな本をすすめたんだろ。頭おかしいでしょ」

「たぶん、悪気はないんだよ。宇正くんってちょっと変わってるから」

高校一年生のときから、私たちと宇正は同じクラスだった。彼は「正義」という名前のとおり、非常に正義感にあふれた人間だった。皆が嫌がる仕事も率先して行うし、どんな相手に対しても分け隔てなく親切だ。ただ、その親切さが少々ズレているところが問題で、彼の親切は周りからおせっかいだとかありがた迷惑だとか、そういうふうに思われがちだ。いまだって、宇正がイケメンだからみんなそこそこの扱いをしているけれど、もしも彼の容姿がよくなかったら相当ひどい扱いを受けていると思う。

ルックスは、力だ。それを持つ者は、持たざる者よりも優遇される。

「宇正ってさ、石黒くんと仲良かったんだよね」

ぼそりとつぶやいた私の言葉に、花がわずかに身じろぎする。裸足のままの親指と人差し指をすり合わせ、彼女は曖昧な反応を寄越した。細い睫毛がゆるりと上下する。

「まあ、たぶんんね」

「あの日のこと、どう思ってるんだろう」

「どうなんだろうね。直接聞いてみたら？」

「えー、なんかはぐらかされそう」

「そう？　意外と普通に答えてくれるかもよ？」

花はさらりとそう言うけれど、私は同意できなかった。石黒くんのいなくなったあの日のことは、すでに学校のなかで禁忌とされている。相手があの宇正とはいえ、無遠慮に立ち入ったことを聞いてもいいものだろうか。

「でも、珍しいね。恵が石黒くんのこと話すなんて」

そう告げる花の声音には、ほんの少し好奇の色がにじんでいた。私は膝を抱え込むと、そのまま彼女へともたれかかった。

「今日ね、ＬＩＮＥのグループに誘われたの。二年の学年グループ」

「へえ、そんなのあったんだ」

「うん。久住さんたちがかなり前から作ってたんだって」

「それで？」

「そのグループの名前がね、『石黒くんを待つ会』だったの」

「あぁ、なるほど」

「花、このグループ入る？　入るなら招待するよ」

「そうだね……せっかくだから入ろうかな。このグループ名だもんね」

こちらの心情を察した様子で、花は静かに本を閉じた。顔を見られるのが怖くて、私は自身の膝小僧に顔をうずめた。静けさの満ちる室内で、花が息を漏らす音が聞こえる。彼女は私の髪をくしゃりとなでると、まるで嚙みしめるようにつぶやいた。

「もう、半年近くもたつんだね。石黒くんがいなくなってから」


花の部屋の扉を閉め、通い慣れた階段を下りる。リビングの扉を少し開けると、花の母親が慌てた様子でこちらへと駆け寄ってきた。若いころは美しかっただろう黒髪も、いまではところどころに白髪が交じっている。彼女は目尻に皺を寄せると、ありがとうね、といつものごとく感謝の言葉を述べた。

「こうして花に会いに来てくれて。恵ちゃんがいなかったら、あの子どうなってたか」

「いえ、私のほうこそたびたびお邪魔しちゃってすみません」

「いいのいいの。そんなの気にしなくて」

すっかりやせ細り、青い血管の浮かぶ彼女の手の甲へ視線を落とし、私は愛想笑いを浮かべた。手のひらには、なぜだかびっしょりと汗がにじんでいる。それをごまかすように、私はスカートの端を握りしめた。

「花の出席日数、足りそうですか」

その問いに、彼女は困ったように自身の頬へと手を添えた。

「いちおう学校側も便宜は図ってくれてるんだけどね、このまま休みっぱなしだと進級できないかもしれないとは言われてるわ。最悪、転校も考えてるの」

「転校ですか？」

思わず声が裏返った。「そうなのよ」と彼女はこちらを労るように言う。

「恵ちゃんが来てくれるのはありがたいんだけどね、やっぱりいまの学校には行きにくいみたいだから。あのときのこと、いまでも負い目を感じてるみたいで」

「スキー合宿の……石黒くんのことですよね」

花の母親は遠慮がちに、しかし確かな動きでうなずいた。皺の刻まれたその手のひらが後ろめたいことを隠すように、ひらりひらりと宙を舞う。

「まあ、いなくなった子が悪いわけじゃないし、あんまり大きな声では言えないんだけどね。でも、あの事件がなければ花がこんなふうに不登校になることはなかったと思うと、やるせなくて。それに、学校側は花の話をちゃんと聞いてくれないし」

漏らされたため息に、私は二階へと視線を走らせた。石黒くんが消えた事件をきっかけに、花は自分の部屋に閉じこもるようになってしまった。

「花はたぶん、優しすぎるんですよね」

私の言葉に、花の母親は困ったように微笑んだ。

〈石黒くんを待つ会（153）〉
りつ　『速報　宇正が救急車で運ばれる！』
良久　『えっ、まじで？』
りつ　『マジだよ』
りつ　『誰かさんがスマホしながらチャリ漕いでたらぶつかったらしい』
良久　『うっわ、ぶつけたの誰だよ』
Haru　『さーせん、自分っす』
キョーカ『晴海サイテー』
Haru　『いやいや、わざとじゃないから！』
山下雄大『これは計画的犯罪ですな』
良久　『これだから体力馬鹿はこえーわ。名前ゴリラに変えろ』
ゴリラ　『自分、反省してるっす』

りつ　『えっ、本当に変えたの？』
キョーカ『仕事早すぎなんですけど笑』
ゴリラ　『ってか、マジで反省してるから！　宇正にも土下座したし』
良久　『土下座とか笑』
りつ　『怪我は大丈夫だったの？』
ゴリラ　『頭ぶつけたから救急車呼んだけど、本人は大丈夫そうだった』
山下雄大『ならいいけどよ』
キョーカ『宇正なんて顔しか取り柄ないんだから、怪我させないでよ』
良久　『ひでえ笑』
山下雄大『心配してやれ笑』
ゴリラ　『でも、マジで次から気をつけるわ』
ゴリラ　『ほんと、下手したら人殺しになるとこだった』

暗い部屋のなかで、スマホの液晶画面だけが光を放っている。室内に充満する夜の匂いが、剝き出しになったふくらはぎに絡みついていた。足をシーツに滑らせると、ひんやりとした感覚が肌をなでた。寝返りを打ち、私はゆっくりと身を起こす。

「宇正、やばいじゃん」

漏れた声が、壁に当たって反響する。私はスマホを操作すると、先ほどの京香たちの会話をもう一度見返した。真っ暗な自室は花の部屋と違ってきっちりと整頓されていた。教科書は本棚に、洋服はタンスに。収まるべきものが収まるべき場所にあるその光景は、いささか殺風景なようにも感じる。花のせいで感覚がおかしくなっているのかもしれない。

私はふかふかのかけ布団に抱きつくと、腕に力を込めた。六月なのに厚い布団を置いているのは、クーラーによって冷やされた布団に飛び込むのが好きだからだ。親には電気代がもったいないとよく言われるが、好きなものは好きなのだからしょうがない。分厚い布団を身体に巻きつけ、私はスマホへと視線を送った。ＬＩＮＥではいまだせわしなく会話が続けられていた。

『宇正、本当に大丈夫なの？』

コメント欄に打ち込んだ文字を、送信する前に消去する。危ない、恥をかくところだった。無意識のうちに私は唇を嚙む。こうした大規模なＬＩＮＥグループでのトークには、カーストの上位に位置する生徒たちしか書き込んではならないという暗黙の了解がある。勘違いした地味な生徒が話題を振っても、既読数が増えるばかりで誰も返事をしてくれない。自身の立ち位置を把握していない人間ほど、滑稽なものはない。私は大丈夫。私は、ちゃんとわかっているから。自身に言い聞かせるように内心で同じ言葉を繰り返す。視界の端で、京香が楽しげにスマホを操作しているのが見えた気がした。

久住京香はこの学校の女王様だ。学内に存在する絶対的なカースト、その最上位に位置する特別な存在。彼女の周囲にはいつも華やかなグループが形成され、そこに属するに値する人間たちが集まってくる。その外側にいるおとなしい生徒たちは教室の隅へと追いやられ、息を殺して彼らの様子をうかがうしかない。

——だけど、私たちは覚えている。彼女が犯した罪のことを。

指を滑らせ、私は画面をスクロールする。上から下へ、現在から過去へ。ゆっくりと、私はトーク履歴を遡る。一年三組連絡用。シンプルな名前のこのグループは、私が一年生のころのクラスのLINEグループだ。参加人数は三十四人。宇正を除くクラスメイトのほぼ全員が、このグループに所属していた。

「見つけた」

長方形の画面からはいまだに青白い光が放たれている。夜を照らす冷たい光が私の両眼をチクチクと刺激した。目尻から涙が漏れたのは、ドライアイのせいかもしれない。痛む瞳を隠すように、私は力いっぱい目を閉じた。手から滑り落ちたスマホには、あの日の日付がはっきりと刻まれていた。

＊＊＊

『告白された』

間の抜けた通知音とともに、白色の吹き出しが浮かび上がる。並べられた布団の端と端を私が几帳面に整えていると、それを乱すように花がゴロリと横になった。彼女の手のなかにある、やや大きめのスマホ。それがぶるりと震えたのに、私は気づいた。どうやらＬＩＮＥの通知だったらしい。

「花、何見てるの？」

「ん？　クラスのやつ」

花はそう言って、こちらにスマホを突き出した。白色のそれは、いまいちばん人気の機種だ。その画面に並んでいたのは京香の書き込んだメッセージだった。私たちが話しているのに気づいたのか、優奈と茉希もこちらへと近づいてきた。先ほどまで彼女たちがいた場所ではいまだにテレビが点けっぱなしになっていた。ありがちな台詞を吐く女優のアップが、薄っぺらな液晶画面に映し出されている。

スキー合宿の部屋割りは、生徒たちの意思を尊重して好きな者同士で組むこととなっていた。四〜五人でひと部屋というルールに則り、私たちはすぐにグループを組んだ。花、優奈、茉希、そして私。代わり映えのしないメンバーだが、うっかり親しくない生徒と同じ班になるよりよっぽどいい。私は立ち上がると、窓のそばへと歩み寄った。外はすでに暗い。二泊三日の合宿の、その一日目が音もなく終わろうとしていた。明日はグループごとの自由行動だ。茉希と優奈はスキーが得意だから、きっと上級者用のコースに行くのだろう。思考をたゆたわせ、私はそっと目を伏せる。

「また久住さん告白されたの？」

優奈が花の手のなかにあるスマホをのぞき込んだ。「そうみたい」と花は静かにうなずいた。隣で茉希が不愉快そうに眉間に皺を寄せる。彼女は久住京香が嫌いだった。

窓の外を見やると、いまだに雪が降り続いている。結露した窓ガラスの表面はひやりと冷たくて、私は指先でその上に一本の線を描いた。滴る雫が木製の窓枠を濡らす。それを眺めるのにもすぐに飽きてしまい、私はスマホを取り出した。花と同じ画面を開いてみると、白い吹き出しがひっきりなしに増殖を繰り返していた。

〈一年三組連絡用（34）〉
キョーカ『告白された』
りつ　『え、また？』
Haru　『例の先輩とか？』
良久　『相変わらずモテるなー』
ゆっち　『ってか、誰から？』
キョーカ『石黒』

その名前を目にした瞬間、ゴトリと足元で鈍い音がした。花が不安げな様子でこちらを見る。

「恵、大丈夫？」
どうやらスマホが手から抜け落ちたらしい。無意識だったため、自分でも驚いた。
「なんでもない」

私はぎこちない笑みを作ると、平常心を装ってスマホを拾い上げた。そのまますり寄るように花のそばへと近づく。彼女は一瞬目をすがめたが、結局何も言わなかった。スマホの画面上で、会話はなおも続いている。

りつ　『石黒って、あの？』
ゆっち　『うそー！　身のほど知らずすぎでしょ笑』
あーたん　『言ってやんなって笑』
良久　『で？　付き合うの？』
キョーカ　『そんなわけないじゃん』
ゆっち　『確かに、キョーカには釣り合わないよね』
キョーカ　『普通に言っちゃったよね。「なんで私が？　罰ゲーム？」って』
良久　『石黒ショックだっただろーなー笑』
あーたん　『ってか、石黒って教室の隅でいっつも変な本読んでるよね？』
りつ　『あぁ、あの巨乳の女の子の絵が表紙のやつ？』
ゆっち　『あれを教室で読める勇気にカンパイ』
良久　『せめてブックカバーつけりゃいいのにな』

意識が揺れる。ぞわぞわと背筋を這い上がる寒けに、私は抱きしめるように自身の腕をつかんだ。花の温かな手が、私の頰に押しつけられる。それでも、私の視線は縫いつけられたように画面へと固定されたままだった。嘲笑混じりの吹き出しが続く。会話が進むに従って、画面は強制的にどんどんと流れていった。なんだか頭がクラクラする。込み上げてくる吐き気に、私は顔をゆがめた。

「ひどいね」

優奈がぽつりと言葉を落とした。しんとした室内に、茉希の衣ずれの音が響く。彼女は腕を組み、不愉快さを隠さずに吐き捨てた。

「何これ、サイテーすぎる」

その言葉に同意するように、優奈が大きく首を縦に振った。険しい表情を浮かべた花が、私の手からスマホを抜き取る。「見ないほうがいいよ」そう言って、花は断りもなく私のスマホの電源を落とした。花の手のなかで画面が黒く息絶えるのを、私はただぼんやりと眺めていた。

「これ、石黒くんも見てるんでしょう？」

優奈の言葉は問いかけのかたちをしていたけれども、肯定以外の反応を受けつけてはいなかった。茉希が仰々しくため息をつく。

「そりゃそうだろうね。なんてったって、クラスＬＩＮＥだし」

ＬＩＮＥでのグループトークは、そのグループに所属する人間なら誰でも閲覧することができる。京香たちが話している場は、個人的に仲のよい友人たちだけで集まっているグループではなく、クラスの皆が参加している場所なのだ。当然、石黒くん本人の目にもこの内容はさらされる。

「本当に信じられない。なんでこんな吊るし上げみたいなことするんだろう」

茉希の声は怒りのせいで震えていた。正義感の強い彼女のことだ、京香たちの仕打ちが許せないのだろう。

「石黒くん、かわいそう」

私の髪をなでながら、花がぽつりとつぶやく。

「勇気を出して告白したのに、こんなふうに笑われて」

告白。その単語を、私は口のなかだけで反芻《はんすう》する。そうだ、石黒くんは久住京香に告白した。好きだって告げた――石黒くんは、久住京香のことが好きなんだ。

心臓が嫌な音を立ててきしむ。酸素がうまく取り込めなくて、私は短く息を漏らした。もやもやとした感情が、肺の奥でどっしりと根を張っている。無意識のうちに胸をかきむしろうとした私の手を、花のほっそりとした指がつかんだ。「だめだよ」そう囁《ささや》く彼女の瞳は、なんだか不思議な色をしていた。

　こちらのやり取りに気づいていないのか、優奈と茉希は興奮した様子で京香に対する批難を繰り返していた。優奈が憤慨した様子で立ち上がる。

「だいたいさ、本なんて何読んでてもいいと思う！　石黒くんがこんなふうに笑われる筋合いなんてないよ、私もあのシリーズ好きだし」

　温厚な優奈がここまで怒るのも珍しい。「そうだそうだ」と茉希があおるように拍手している。

　私は冷静さを取り戻そうと、大きく息を吸い込んだ。冷えた冬の空気を体内に取り込むうちに、混乱が落ち着いていくのを感じる。乾燥した指先をこすり合わせると、チクリと肌の表面に痛みが走った。ささくれが剝けたらしい。爪と皮膚のあいだにあふれる血に、私は思わず顔をしかめた。痛い。口内でつぶやいた声に、反応する者はいなかった。

「誰か先生に相談したほうがいいんじゃない？　これ、いじめでしょ」

　茉希の台詞に、誰も何も言わなかった。茉希にはこういうところがある。教師は正義の味方であり、弱い生徒を無条件に守ってくれるのだと、彼女は無邪気に信じ込んでいるのだ。

――いや、もしかすると、現実はそうではないとわかったうえで、それでも教師という存在を信じたいだけなのかもしれない。

「それにしても、久住さんってどうしてこう平然とひどいことできるんだろうね」

花が不思議そうに首をひねる。性格が悪いからでしょ。そうキッパリと言い切る茉希に、私は苦笑した。目尻にたまる涙を拭い、なんとか平静を装う。

「たぶん、久住さんには悪気がないんだと思う」

唐突に言葉を発した私に、皆の視線が一斉に集まった。

「無自覚なんだよ。さらしてるつもりもないし、普段どおりに話してるだけ。ツイッターにも平気でいろんな人の顔写真を載せちゃうタイプだし。誰かから見られてるって自覚がないんだよ」

「それはあるかもしれないね」

優奈が大きくうなずいた。伸びたトレーナーの襟元からは、やや丸みを帯びた彼女の鎖骨がのぞいている。足を伸ばすと、汚れのない真っ白なシーツにくしゃりと歪な皺が寄った。

「恵の言うとおり、他人を傷つけてるって自覚がないんだよ、あの子は」

花がうめくように言葉を吐く。その声はまるで、苦々しい感情を喉の奥で押し潰しているみたいだった。彼女の手のなかにある私のスマホが、音もなく握りしめられるのが見える。

保護フィルムの上から、指紋が画面へ張りついた。べたり。黒い画面に微《かす》かに浮かぶ白い模様は、角度によって見えたり見えなかったりした。

花は言う。その口端に、自嘲を乗せて。

「結局さ、美人だったらなんでも許されるんだよね」


幼いころは、自分が世界でいちばん可愛い女の子だと思っていた。初孫だったこともあり、祖母はとくに私を甘やかした。恵は可愛いね。恵がいちばんだよ。現実を知らなかったころ、その台詞は私にとって真実だった。鏡を見るのが好きだった。髪をくくって、オシャレするのが大好きだった。テレビで見るアイドルの真似事をして、いつか自分もあんなふうになれるのではないかと馬鹿みたいに信じていた。だけど、いまは違う。私は自分が特別美人でないことを知っている。美しさという観点で、自分が他者から尊重されるような存在ではないことも、重々承知している。容姿は力だ。そしてその力を、私は持たない。

「……馬鹿みたい」

つぶやいた声が、冷えた空気に溶けていく。

消灯時間を過ぎ、辺りはしんと静まり返っていた。夜の会話こそ合宿での醍醐味だというのに、優等生の茉希と優奈はすでに眠りの世界へと旅立っていた。聞こえてくる穏やかな寝息が、早く寝ろよとこちらを急かしているようだ。

しばらくのあいだ薄く瞼を閉じていたが、結局私は身体を起こした。闇に目が慣れたのか、それとも雪に月光が反射しているのか、明かりのない室内は、青白い光で塗り潰されていた。夜の色だ。私は静かに瞬《まばた》きを繰り返す。布団から抜け出そうとすると、静寂の満ちた部屋に衣ずれの音がよく響いた。自分が立てたはずの音に、なぜだか心臓がドキリと跳ねた。

窓へと近づき、私は壁にもたれかかった。吐き出す息は白かった。雪が降っているせいだろうか、この場所は恐ろしく静かだ。すべての音が、雪のなかへと吸収される。カーテンの端を持ち上げ、私はほんの少しだけ窓を開けた。吹き込む風は冷たく、隙間に指を差し込むと白いかたまりが皮膚の表面に付着した。昼間は足跡であふれていた地面も、夜になると汚れひとつない白へと変化していた。あの分厚い雪へ飛び込んだら、どれだけ心地よいだろうか。あの美しい白色に包まれて、そのまま死んでしまえたなら。

肌寒さに腕をこすりながら、そんな馬鹿なことを考えた。

「……恵？」

唐突に響いた声に、私の身体はビクリと震えた。振り返ると、布団に包《くる》まったままの花がこちらを見ていた。肩まで伸びた黒髪が寝癖のせいで乱れている。彼女は眠そうに目をこすり、大きく欠伸《あくび》をしてみせた。

「ごめんね、起こしちゃった？」

私は窓をそっと閉めた。花は首を横に振ると、布団を引きずったままこちらへと歩み寄ってきた。布団がシーツの表面を引っかき、ずりずりと乾いた音を立てる。

「寝てなかったの？」

「うん、ちょっと寝つけなくてね」

「そっか」

花は窓の外を一瞥すると、遠慮がちな動きで私の手に触れた。皮膚と皮膚が重なった瞬間、「冷たっ」と彼女は目を見開いた。

「すっごい冷たいけど、どうしたの」

「たぶん、さっきまで雪を触ってたからだと思う」

「なんでそんな子供みたいなことしてるの。風邪ひいちゃうよ」

「うん、そうだね」

苦笑する私を見て、花は不服そうに頰を膨らませた。彼女の指が、私の手のひらを揉み込むように握る。その体温は温かく、彼女の持つ熱が皮膚を通じてじわじわとこちらに侵食するのを感じた。花が呆れたようにため息を漏らす。

「だめだよー、ここ寒いんだから。ちゃんとあったかくしないと」

「花の手はあったかいね」

「恵の手はすっごく冷たい」

花は叱るようにそう言って、私の肩に布団をかけた。普段はおとなしい彼女だけれど、昔から私にだけはこうして甲斐甲斐しく世話を焼いてくれる。彼女の特別な一面を見ることができるのは、幼馴染みである自分だけの特権だろうか。

口をつぐんだまま、花は私の手をこすった。摩擦で熱を帯びてきた手の甲が、ほんのりと赤く色づいている。彼女の小さな手がせわしなく私のために動いている。そのことが、ちょっとだけうれしかった。

こちらの視線を感じてか、花が少し照れたように言った。

「知ってる？　手が冷たい人って、心があったかいんだって。だから恵は心があったかい人なんだね」

「じゃあ、花は心が冷たいの？」

「そうそう、私はひどいやつなんだよ」

そう茶化すように笑い、花は私の隣へと並んだ。かけ布団の端を握り、「もっと詰めてよ」と彼女が言う。その言葉に私は素直に従った。ひとつの布団に二人で包まる姿は、なんだか肉まんみたいだった。あるいは昼に作ったかまくらか。

私が窓に映る自分自身の姿をぼんやりと眺めていると、花はふつりと黙り込んだ。ガラス越しに、白色の雪がチラチラと舞っているのが見える。雪原に反射する月の光があまりにまばゆく、私はそっと目を細めた。背後から茉希が寝返りを打つ音が聞こえる。皆が眠っている空間で、起きているのは二人きり。チラリと隣の様子をうかがうと、青白い光に照らされた花の横顔が視界に映った。ぎゅっと噛みしめられた桃色の唇を、私は視線だけでなぞる。赤みを帯びた頬が、物思いにふけるように引きしめられた。彼女の細い睫毛がふるりと震える。その黒い瞳が、ふいにこちらに向けられた。あまりにもまっすぐな視線に、心臓がドキリと跳ねる。怖いな、と思った。なんだか、見透かされているみたいで。

花が私の肩をつかんだ。彼女の指が、なでるように首筋を這う。

「ねえ、」

視線を外さないまま、花は口を開いた。嫌な予感がして、私は布団の端を握りしめた。

「何？」そう続きを促すと、彼女はためらいがちに、しかしはっきりとその問いを口にした。

「恵、大丈夫だった？　石黒くんのこと」

平気だよ。そう答えようとしたはずなのに、なぜだか声が喉で詰まった。熱が喉に張りついて、ヒリヒリと表面を焦がしている。揺れる視界を隠すように、私はゆっくりと瞼を閉じた。その拍子に、熱い何かが頬を伝った。手の甲で頬を拭い、私は口端を無理矢理に吊り上げた。

「心配してくれたの？」

「そりゃ心配だよ。だって恵、石黒くんのこと好きって、前言ってたじゃん。たぶん、優奈も茉希も心配してたよ、恵のこと」

「本当に？」

「うん。だけど普段どおりにしようって。ほら、変に気遣っても恵の迷惑になっちゃうと思って」

花はそう言ってチラリと背後を振り返った。布団に包まっている二人は穏やかな表情で寝息を立てている。

「いつから好きなの？　石黒くんのこと」

「たぶん、夏休み前ぐらいから」

「結構長いじゃん」

「でも、それも無駄だったよ」

つぶやいた声が、静寂のなかにべちゃりと落ちた。背筋を走る寒けをごまかそうと、私は思いきり身体に布団を巻きつけた。せっかく花に温めてもらった手のひらも、すでにいつもの冷たさを取り戻している。冷えきっているせいか、指先の感覚がなくなっていた。

「なんで無駄なの？」

三角座りのまま膝小僧に顎を乗せた私に、花が真面目な口調で問いかけた。興奮しているのか、その声音は少し高かった。

「石黒くんは久住さんに振られたんだよ？　二人は付き合ったわけじゃない。だったら、まだ恵にもチャンスがあるんじゃないの？」

「違うの」

「違うって、何が」

「付き合うとか付き合わないとか、そういうことじゃないの」

私の言葉に、花は怪訝《けげん》そうな様子で首を傾げた。どういう意味？　ささやかれた声からは、彼女の隠しきれない好奇心がのぞいている。私は自嘲するように唇をゆがめると、視線を窓の外へ向けた。木の枝に積もった雪が、重みに耐えかねて下へと落ちた。

「石黒くんが久住さんを好きって聞いたときにね、すごくショックだったの。結局、石黒くんもほかの男子と同じなんだって思って」

「どういうこと？」

「結局、石黒くんも顔が可愛い女の子が好きなんだなって。石黒くんは人を見た目で選ばないって思ってたから、あぁ、そういう人だったんだって。やっぱり、可愛い子が好きなんだって」

握りしめる拳に力が入る。表情を見られたくなくて、私は自身の額を膝小僧にこすりつけた。乾いた黒髪が私の横顔を覆い隠す。隣で花が息を吐く音が聞こえた。伸ばされた指先が、私の髪をかき分ける。剥き出しになった耳が外気へとさらされた。

「恵は石黒くんのどういうところが好きだったの？」

花の問いに、私は顔を上げないまま言葉を紡いだ。

「石黒くんって本が好きで、たまに図書室で一緒になったの。そのときに、いつも話しかけてきてくれて。声がね、すっごく優しかったの」

言葉にすればするほど、脳から記憶があふれてくる。彼の筋張った指先が、照れたような笑い方が。まるで映画のワンシーンみたいに美化された映像たちが、瞼の裏で何度もリフレインされる。乾燥した唇が勝手に動く。口の端が切れ、ぴりりとした痛みが走った。それでも、私の言葉は止まらなかった。衝動が理性を凌駕する。ほとばしる感情が勝手に声へと変化した。

「その本いいよねって言われて。ほかにそういうこと話せる男子っていなかったから。だから、すごくうれしくて。私、勝手に石黒くんも私のこと好きなんじゃないかって思ってて……バカみたいだよね。話しかけられただけで勘違いするなんてさ。そりゃあ私みたいなのより久住さんのほうがいいよね。こんなやつに好かれたって迷惑に決まってんのに、私って気持ち悪いよね、ほんと」

「恵は可愛いよ。もっと自信持っても――」

「可愛くない。久住さんには全然足りない！」

花の言葉を遮り、私は叫んだ。ひゅっと怯《おび》えたように彼女の喉が鳴った。大きく見開かれた瞳が、無様に崩れた私の顔をゆがみなく映し出している。パジャマからさらされたその喉が、小さく上下したのが見えた。

「二人、起きちゃうよ」

花の言葉に、私はハッと我に返った。慌てて口を押さえて振り返ると、茉希が寝返りを打ったところだった。厚みのあるトレーナーがめくれ上がり、下に着ているダサいTシャツがあらわになっている。優奈は相変わらず布団に潜ったままだ。動かないところを見るに、ちゃんと眠っているのだろう。

「……ごめん」

謝罪を口にした私に、花はふるりと首を横に振った。興奮で上下する私の肩を、彼女が遠慮がちに引き寄せる。花は昔からそうだった。私が望むときに、いつだってこうして温もりを与えてくれた。

「こっちこそごめんね、嫌なこと聞いて」

「花、」

胸がぎゅうと締めつけられて、なぜだか言葉が出てこなかった。こちらの内心を察したかのように、花が私の頭をなでる。優しいその手つきは、子供をあやす母親のようだった。

冬の夜は、独りで過ごすにはあまりに長すぎる。もしも隣に花がいなければ、私はこの孤独に耐えられなかっただろう。失恋のせいでぱっくりと心にあいた傷口を、私は自虐することで丹念に開く。悲しい。つらい。こんな思いをするなんて、私ってなんて不幸なんだろう。そうやって悲劇のヒロインを気取るのは、その行為が私にある種の快感を与えてくれるからだ。自己憐憫は麻薬に似ている。繰り返していくうちに、依存度がどんどん増していく。もっと私に優しくして。もっと、もっと、もっと。高まる欲求をぶつける相手は、いつだって目の前にいる幼馴染みだった。

「大丈夫、恵には私がついてるから」

そう言って、彼女は私を甘やかす。彼女の細い体軀にもたれかかりながら、私はぼんやりと考えた。もしも花が男だったら。そしたら、私たちはこのまま一線を越えて、新しい関係を築いていくのかもしれない。だけど、彼女は私と同じ女の子だった。

私たちは、どこまでいっても友達のままだ。

「あーあ、花が男だったらよかったのに。そしたら絶対好きになってた」

私の言葉に、花は可笑しそうに目を細めた。

「もし私が男だったら、こうして仲良くはなれなかったでしょ」

「それは言えてる」

真面目な顔でうなずいた私に、花は小さく笑みをこぼした。血色のいい唇の隙間から、わずかに白い歯がのぞいていた。


翌日の班行動では、グループ内に異様な空気が漂っていた。私、花、茉希、優奈。いつもの四人に田代良久と石黒くんの男子二人を加えた六人が、行動班のメンバーだった。話し合いでグループを決めた女子とは違い、男子たちはくじで班を決めたらしい。田代と石黒くんの仲は最悪で、同じ班になったからといって二人の関係に変化はなかった。田代は石黒くんのことを自分よりずっと下に見ているのだ。だから、そもそも仲良くなる気がない。

「俺、京香たちのとこ行くから。そろそろ抜けるわ」

やたらと派手なスキーウェアを身にまとった田代は、集合して早々に私たちにそう言い放った。京香。その名を告げる彼の声には、明らかに優越感がにじんでいた。

久住京香の仲間である田代と長谷川律は、私と花と同じ中学出身だった。長谷川律に関しては関わりがなかったためにまったくといっていいほど知らないが、田代は違う。彼は、中二のときに私と同じクラスだった。

中学生のころの田代は、こんなやつではなかった。もっと気さくで、私や花にも優しかった。彼が変わったのはこの高校に進学してからだ。俗にいう高校デビューを果たした彼は、華やかなグループに固執するようになった。自分より上の人間と、下の人間。それらを区別し、差別する。彼は久住京香というブランドを利用することで、自分の立ち位置を上げようとしていた。その姑息さが、鼻につく。

「え、ちょっと待ってよ」

花がためらいがちな口調で告げる。田代は顔だけをこちらに向けた。

「何？」

「グループ行動って、先生言ってたでしょ？　班で行動しないの？」

「べつに、初めから班行動なんてするつもりなかったし。お前らも俺がいないほうが伸び伸びできていいだろ？　お仲間同士、仲良くやれよ」

彼はそう言って、京香の所属するグループのほうへと滑っていった。ゲレンデに、線路みたいな跡が残る。それを装着しているスキー板でかき消し、茉希が忌々《いまいま》しげにつぶやく。

「何あいつ、まじムカつく」

「まあまあ、田代くんがいないほうが楽しく滑れるよ」

そうなだめる優奈に、茉希は不愉快そうな表情を崩さずにうなずいた。私は隣に立つ石黒くんをおずおずと見上げた。彼は去っていった田代の後ろ姿を困ったように見つめていたが、私の視線に気づいたのか、ふいにこちらへと顔を向けた。目が合い、なんだかドキリとする。

「ん？　どうしたの？」

石黒くんが首を傾げた。その表情には、一点の曇りもなかった。昨日彼は京香に振られて、そのうえクラスメイトに見えるところで嘲笑されたのだ。なのに、彼の立ち居振る舞いはあまりにもいつもどおりだった。そのことに私は拍子抜けしてしまった。てっきり落ち込んでいるものだとばかり思っていたから。

昨日の久住さんたちの話、どう思った？

込み上げてきた疑問が、ぴたりと喉の奥で止まる。手袋に包まれた石黒くんの手が、唐突に持ち上がったからだ。黒い厚手の生地に覆われたその指が、ゲレンデの奥のほうへと向けられる。上級者用。看板に書かれた文字に、私は目を瞬かせた。

「北村さんって、スキー得意？」

「え、あ、その……あんまり、やったことないよ」

緊張のあまり、声が裏返ってしまった。俺も、と彼は笑った。

「すっげー速く滑れるんだけどさ、コントロールが利かないんだよね。右とか左とか、細かく曲がるのが苦手でさ」

「難しいよね、確かに」

「正義はすっげー上手いらしいんだけどね。アイツ、よくスキー行ってるし」

そう言って、彼は上級者コースに向かう宇正を見やった。手のひらで屋根を作り、まるでまばゆいものを見るみたいに石黒くんは目を細める。釣られるようにして、私もそちらへと視線を送った。宇正は同じ班である京香に何やらちょっかいをかけられているようで、困ったように頭をかいている。その後ろから京香を追う、派手な色をした田代の背中。だけど、京香はいまだ田代の存在に気づいていない。彼女のあの大きな瞳は、目の前に立つ宇正ばかりを映しているに違いない。

宇正正義はイケメンだ。厄介な性格も、押しつけがましい親切心も、そのルックスの前ではたいした欠点と見なされない。彼は、明らかに京香に受け入れられている。石黒くんと同じ本を好む宇正のことを、京香はキモいとは切り捨てない。なぜなら、彼は見た目が優れているから。

「茉希と優奈ももう行ったし、石黒くんも田代くんみたいに友達と合流していいんだよ？男子一人ってキツいでしょ？」

聞こえてくる花の声に、私はハッとして我に返った。スキーに慣れている茉希と優奈の姿はすでにこの場にはなかった。どうやら二人で上級者コースに向かったようだ。

花の問いかけに、石黒くんは苦笑した。その黒いキャップには、ダイヤモンドみたいに輝く雪の粒が付着していた。身にまとっている黄色のしなびたダウンジャケットが、呼吸に合わせて膨らんだりしぼんだりを繰り返した。

「いや、正義の周りには久住さんがいるし、俺は一人で滑っておくよ。やっぱさ、いま久住さんと会うのはちょっと厳しいし」

まるでなんでもないことのようにそう言って、彼は肩をすくめてみせた。花が残念そうに眉尻を下げる。

「そっか。じゃあ、私と恵は初心者用のコースにいるね。合流時間に、また」

「うん」

花が私の腕をつかんだ。「またね」と控えめな口調で私は石黒くんに手を振った。視界が白く染まるなかで、彼の黄色だけがやけに鮮やかだった。

私は運動が苦手だ。スキーだってあまり得意ではない。なだらかな坂を下るのも最初は楽しかったけれど、同じコースを行ったり来たりするのにも段々と飽きてきた。みんな、どうしてこんな行為を面白いと思うのだろう。

　結局二時間もたたないうちに、私と花は建物のなかへと戻ることにした。売店では文化部の女子たちが退屈そうな顔で時間を潰している。スキー合宿なんて、好きでもない人間にとってはつまらない行事でしかないのだ。私たちはその隣を通り過ぎ、与えられた部屋に戻った。冷えきった体には、暖房の効いた室内がまるで天国のように感じられた。熱によって凍った指先が溶かされているのか、じんじんと肌の表面が脈打った。スキーウェアを脱ぎ、普段着へと着替える。優奈や茉希たちはいまだスキーを楽しんでいるのだろうか。強ばった足の指をほぐしながら、私は畳へ倒れ込んだ。瞼の裏が熱い。なんだか無性に眠たかった。

「恵、寝ちゃうの？」

　頭上から花の声が聞こえる。寝ないよ、と返事をしたつもりだったのだけれど、口から出たのは要領を得ない声ばかりだった。昨晩眠っていなかったためか、疲労が相当蓄積していたらしい。花が困ったように笑う。

「私、入り口の自販機でコーンスープ買ってくるね。恵もいる？」

「んー」

「寝ぼけてる？　とにかく、買ってくるからね。一人でちゃんと待っててよ」

　背中に軽い衝撃が走る。花が叩いたのだ。うん、わかった。そう口を動かしたはずなのに、声は一向に出てこない。大きく欠伸をし、私はそのまま畳に頬を押しつけた。勝手におりてくる瞼に抵抗しきれず、私はそのまま目をつむった。床を通じて、花の足音が遠ざかっていくのがわかる。茉希たちはいつ戻ってくるんだろう。そんなことをぼんやりと考えているうちに、私の意識は途切れていた。

目が覚めたとき、辺りは薄暗かった。ずいぶんと眠り込んでいたらしい。身を起こすと、テーブルの上にはコーンスープの缶がふたつ置かれていた。持ち上げてみると、片方は空き缶で、片方は未開封のままだった。おそらく、花が私の分まで買ってきてくれたのだろう。缶はすっかり温《ぬる》くなっていた。

「あれ、起きたんだ」

「恵ちゃん、よく寝てたねー」

いつの間に帰ってきたのだろうか、茉希と優奈が洗面所から顔を出した。茉希の短めな前髪がぺたりと額に張りついている。私は立ち上がると、狭い洗面所へと顔を突き出した。鏡に映る自身の頬には畳の跡がくっきりと残っていた。

「髪濡れてる……顔洗ってたの？」

私の問いに、茉希が照れたように頭をかく。

「顔面から突っ込んじゃってねー」

その隣で、優奈が思い出したように噴き出した。

「茉希ちゃんったらひどかったんだよ。びゅーんって雪のなかに入っちゃってさ」

「髪から服からびっしょびしょになったの。もうサイアク」

茉希はそう言って、指先を自身の黒髪に巻きつけた。赤いゴムを口にくわえ、彼女は量のある髪を高い位置でひとつに縛る。その隣で、優奈が熱心に鏡をのぞき込んでいた。鏡越しに彼女と目が合い、なんとなく私は顔を逸らした。

「そういえばさ、花ちゃんはどうしたの？」

桃色のリップクリームを塗りながら、優奈が首を傾げる。クリームを馴染ませるように、彼女の唇がぎゅっと一線に引き結ばれた。乾燥しているせいで唇が荒れている。皮の浮いた自身の口元に手を伸ばし、その感触に思わず私は顔をしかめた。舌で舐めるが、あまりよくなった気はしない。

「うーん、私寝ちゃってたからなー。なんか買いに行ってるのかも」

洗面所から動いた茉希が、眠そうな眼差しをこちらに向けた。

「そういえば机の上にコーンスープの缶あったね。もらっていい？」

「ダメだよ。あれ、花が買ってきたやつだから」

「えー、いいじゃん。あとでお金払うからさ」

茉希は温くなった缶を手に取ると、そのまま躊躇なくプルタブを引いた。独特のにおいが部屋に広がり、私は思わず眉間に皺を寄せた。「もう」と優奈が叱るように茉希を見る。

「勝手に飲んじゃまずいよ。それ、花ちゃんが恵ちゃんに買ってきたやつでしょ？」

「花だったら許してくれるよ」

茉希の喉がごくごくと上下する。上を向いた拍子に、彼女の黒髪がゆるりと揺れた。優奈が肩をすくめる。

「あーあ、飲んじゃった。ご飯食べられなくなっても知らないからね」

「余裕余裕。今日は運動したからお腹ぺこぺこだし」

「またそんなこと言って、昨日もお菓子の食べすぎでご飯残してたじゃん」

「あれは単純にまずかったからだよ。こういうとこのご飯って、なんかパサパサしてない？」

「まあ、確かにあんまり美味しくはなかったけどね」

「でしょー？」

盛り上がる二人の会話を聞き流し、私は時計を一瞥した。そろそろ夕飯の集合時間だ。こんな時間になっても部屋に帰ってこないなんて、花はいったいどこにいるのだろうか。もしかするとまた何か飲み物を買いに行ってるのかもしれない。

私は狭い洗面所から一歩足を踏み出すと、いまだ会話を続ける二人に声をかけた。

「花を捜してくるね」

宿泊者用のスリッパを履いた私に、茉希が念を押すように声をかけてきた。

「集合場所、大食堂だからね。私たちもあとから部屋の鍵持って出るから、そこで合流しよ」

「りょーかい」

昨晩も大食堂で食事をした。迷うなんてことはありえないだろう。茉希の言葉に返事をし、私は部屋をあとにした。廊下に出ると、辺りはしんと静まり返っていた。騒々しい足音も絨毯に吸い込まれていき、聞こえてくるのはエレベーターの稼動音ばかりだ。

爪の先に視線を落とし、私はわざと大きくため息をついた。肺の底を這っている不穏な予感の正体は、いったいなんなのだろうか。静寂を追い払うように、私はブンブンと首を横に振った。下向きの矢印を人差し指で強く押すと、正方形のボタンが黄色く光った。

長い廊下をたった一人で歩き回る。ひたひたひたひた。スリッパが発する音が私の足元にまとわりついていた。スキー帰りの生徒たちが鼻先を真っ赤にしてエントランスをくぐっている。笑い合う生徒の顔は見覚えのあるものだったけれど、どのクラスの誰かはわからなかった。監視役の教師たちはラウンジで疲れきったように座り込んでいる。談笑する大人たちに囲まれる、透明なガラステーブル。その上に載った、安っぽい紙コップ。中身は自販機のコーヒーだろうか。細い湯気がカップの縁を沿うように漏れていた。

「あ、恵」

唐突に投げかけられた声の方向に視線を向けると、厚いジャケットを身にまとった花がこちらに手を振っていた。

「どこにいたの？　捜したんだよ？」

「キツネ見てたの。さっきコーンスープ買いに来たときに見つけたんだ。ね、恵も来てよ」

「キツネ？」

「そう。すっごく可愛いの」

花は昔から動物が好きで、小学生のころは飼育係を何度も引き受けていた。野生の動物に興奮しているのか、その目はキラキラと輝いている。私は口元に苦笑を浮かべると、仕方ないなと肩をすくめた。

「どこに？」

「こっち。自販機の近くなんだけどね」

そう言って、彼女は室内着のままの私を外へと連れ出した。雪の勢いはすさまじく、私は頭に積もるそれらをひっきりなしに手で払いのけなければならなかった。吐き出す息の白さに、花がくすりと笑う。

「寒い?」

「寒いに決まってんじゃん」

「まあでも、すぐだから」

彼女はそう言って、入り口付近にある自動販売機を指差した。自販機の設置されているエリアには屋根があったため、避難するように私はそこへと駆け込んだ。有名な飲料メーカーのロゴの入った自販機は、街中にあるものよりも割高の値段が表示されていた。先ほど室内に置かれていたコーンスープの缶も並んでいる。

「ほら、あそこ」

花が指差した場所は、駐車場から少し奥まったところにあった。黄色と黒のロープがぴんと張られており、その中央には吊り下げられたプレートに赤文字で『立ち入り禁止』と書かれている。

「えー、キツネなんて見えないよ」

「あれ、さっきまでいたのにな」

花が首を傾げる。彼女は不服そうに唇をとがらせると、ブーツの底で地面を蹴った。真っ白な雪片が辺りに飛び散る。私は自身の腕をさすりながら、花のほうへと顔を向けた。

「もういいから帰ろ。キツネなんて、動物園でも見れんじゃん」

「でもさ、野生だよ野生」

「べつにどっちでも変わんないって」

彼女の言葉を半分聞き流しながら、私は腕時計へと視線を落とした。集合時間をとっくに過ぎてしまっている。

「そろそろ大食堂に行かないと、茉希が怒るよ。『遅刻だ！』って」

私の言葉に花は慌てて歩き出した。深く積もった雪の層に、彼女の足跡がくっきりと残っている。目を凝らしてみると、その傍らに誰かの足跡がうっすらと残っているのが見えた。花のものと比較するとふた回りほど大きなその跡は、立ち入り禁止区域へとまっすぐに向かっていた。宿泊施設の職員のものだろうか。

「ちょっと、恵。行かないの？」

花が呆れた様子でこちらを振り返る。そこで我に返った私は、すぐさま彼女のあとを追った。

集合時間を過ぎているというのに、大食堂ではまだ食事が始まっていなかった。室内にいる生徒たちは皆雑談に夢中になっており、私と花が合流しても注目する人間はいなかった。

端のほうのテーブルで茉希がこちらに手を振っているのが見える。二人分の席が空いているのを見るに、わざわざ私たちの分の席まで確保しておいてくれたらしい。

「花ちゃんどこ行ってたの？」

私たちが席に着くなり、優奈が花へ尋ねた。花は肩をすくめる。

「駐車場のとこ。じつは鍵なくしちゃってさ」

「えっ、雪降ってたら見つけるのも大変じゃなかった？　見つかったの？」

「うん、なんとかね」

「そっか、よかったね」

スラスラと嘘を答える花に、私は内心で舌を巻いた。本当のことを話さなかったのは、高校生にもなってキツネではしゃいでいたと知られるのが恥ずかしかったからか。そういえば、幼いころから花は演技が上手かった。小学生のころに家族に内緒で学校からハムスターを引き取ったときも、花はハムスターの存在を家族にずっと隠し通していた。私がうっかり花のお母さんに話してしまったため、結局はバレてしまったのだけれど。

「アンタと花が遅れてくることは、先生に先に伝えておいたから」

頬杖をついたまま、茉希がこちらへと話しかけてきた。

「ありがとう。先生、なんか言ってた？」

「いや、何も。なんか、別のことでバタバタしてるみたいよ？」

「別のこと？」

「うん。そのせいで食事もまだ始まらないみたい。こっちはお腹すいてんのにさ」

欠伸を嚙み殺し、茉希は呆れたように肩をすくめた。彼女の細い指が、何やらせわしなく動き回る教師たちへと向けられる。そのなかにはなぜか、宇正の姿もあった。

「宇正、先生と何話してるんだろうね」

「さあ？　いつもみたいにおせっかい焼いてるんじゃない？　『先生、ボクも手伝いますよ』みたいな」

退屈そうな顔をしたまま、茉希が宇正の声真似をする。語尾を少し上げる話し方は、彼の特徴をよくつかんでいた。

「そんな雰囲気には見えないけど。なんか、いつものおふざけ感がない」

「マジ？」

「マジマジ」

私と茉希がヒソヒソと話していると、ふいに宇正が振り返った。驚いて顔を見合わせる私たちの元へ、宇正が小走りに近付いて来る。

「ここの四人ってさ、確か和也と同じ行動班だったよね？　和也がどこに行ったか知らない？」

「石黒くんがどうかしたの？」

聞き返した私に、宇正は考え込むように腕を組んだ。服装自由の合宿でわざわざ学校指定のジャージを着ているのは彼ぐらいだ。まくられたままの袖からは、彼の細い前腕筋がのぞいている。運動部でない彼の皮膚は、そのへんの女子よりも真っ白だ。

「じつはさ、和也がどこにもいないんだ。部屋にもいなくて、ボク、さっきからずっと捜してたんだけど見つかんなくて」

「電話かけてみたら？」

「同じ部屋の子にかけてもらった。けど、つながんなくて」

離れたテーブルにいる京香が、チラチラとこちらをうかがっているのが視界の端に映る。京香の隣に座っていた田代が、立ち上がろうとした彼女の腕を押さえ、私たちの元へと歩み寄って来た。田代の気配を察した途端、優奈が怯えるように肩を丸めた。花は表情を崩さず、グラスに入った水を飲んでいる。茉希が小さく舌打ちした。

「なんの騒ぎだ？」

田代の登場に、宇正はわずかに目を細めた。まるで値踏みするみたいに、彼は目の前の男を見た。

「そういえば、田代クンも和也と同じ班だったね」

「なんだ、石黒の話か。アイツがどうかしたのかよ」

「まだ戻ってきてないんだ。ねえ、和也がどこに行ったか知らない？」

「俺が知るかよ。だいたい、お前アイツと仲いいんだろ？　途中で俺らと別れて、アイツと合流してたじゃねえか」

「そのあと別れたんだよ。ボク、一人で上級者用に行ってたからさ」

「一人でとか、引くわ」

「なんで？　自由に滑れていいでしょ？」

「そりゃあまあ、いいけどよ」

呆れたようにそう言って、田代は口をつぐんだ。おそらく、宇正と田代は永遠にわかり合うことはないだろう。田代はいつだって、群れることに必死だから。

「もしかしたら、和也はどこかで迷子になったのかもしれない。このままだと天候も悪くなるし、下手したら遭難するかも」

「遭難って、ここ日本だぜ？　そんなこと起こるわけねーだろ」

「雪山をなめちゃいけないよ。コースから外れて帰ってこれなくなった人が、これまでにも大勢いるんだから」

真剣な宇正の言葉に、田代がゴクリと唾を飲んだ。遭難。その単語に、最悪の状況が脳裏に浮かぶ。窓の外を見ると、大粒の雪が空間を裂くように斜めに降り続いていた。今夜の天気は荒れそうだ。降り積もった雪は厚く、足跡は一瞬にしてかき消される。

「私、会ったよ」

響いた声に、宇正が声の主へと顔を向けた。

「私、石黒くんと話した」

そう言って、花は真面目な顔のまま水を口に含んだ。透明なグラスのなかで、溶けかけの氷がふらふらと揺れている。

宇正がぱっとその表情を明るくした。

「それホント？　ようやく有力情報ゲットだ。どこで会ったの？」

「自販機の近くで……私、飲み物買いに行ってたから、そのときに」

「和也、そのあとどこに行くって言ってた？」

「立ち入り禁止の向こうに行っちゃったの。大丈夫って言ってたから、私、心配してなかったんだけど。ほら、昨日のこともあったし、一人になりたいのかなって思ったから、そのまま見送っちゃったの」

花の視線が、意味ありげに田代へと向けられる。彼は気まずそうに身じろぎしたが、舌打ちしただけで何も言わなかった。

「どうしよう。あのとき私が止めなかったから、石黒くんいなくなっちゃったのかな」

そうつぶやく花の顔はうっすらと青ざめていた。その指先が手元にあるおしぼりを握りしめている。

「佐々木さんのせいじゃないよ。むしろ、佐々木さんのおかげで和也が見つかるかもしれない。さっきの話、先生に言いに行こう」

宇正はそう言って、田代のほうへと顔を向けた。

「田代クンもありがとう。わざわざ話聞きに来てくれて」

「べつに俺は……」

気まずそうに眉間に皺を寄せた田代に、茉希がフンと鼻を鳴らす。「それじゃあ行こうか」と教師の元に向かう宇正と花の背中を、その場にいた人間たちはなんとなく眺めていた。

立ち尽くしていた田代はふいに我に返ったようで、なぜだか私たちを睨《にら》みつけてから京香たちのいる席へと戻って行った。

「石黒くん、道に迷っただけだったらいいんだけど」と茉希が眉を曇らせた。

「花ちゃんは大丈夫かな」

優奈がグラスを握りしめる。丸みを帯びた彼女の手のひらに、透明な水滴が付着した。茉希が肩をすくめる。

「あの子優しいからねー。負い目感じてなきゃいいんだけど」

「石黒くん、なんで立ち入り禁止のとこなんかに入っちゃったんだろう」

「さあ。ま、あとで聞けばいいでしょ」

茉希の台詞に、優奈が物憂げに目を伏せる。

「石黒くん、早く戻ってくるといいね」


——しかしその日、石黒くんが帰ってくることはなかった。

第二章　大人

〈キョーカとゆかいな仲間たち（7）〉

キョーカ『もうほんとキモイキモイ、ありえないんですけど』

りつ　『どうしたの？』

キョーカ『石黒に告白されたの！　うぎゃあ！』

良久　『それは精神的ショックがすごすぎる笑』

キョーカ『あ、ミスった。クラスLINEに誤爆した』

あーたん『石黒の心の傷をこれ以上えぐるのはやめてあげなよー笑』

ゆっち　『っていうか、石黒は何を思って告白したんだろ？』

キョーカ『いや、ほんとソレ』

Haru　『普通に好きだったんじゃないの？』

山下雄大『でも合宿中に普通告白するか？　気まずくなるじゃん』

良久　『そこまで考えてなかったんじゃね？　せっかくのスキー合宿だしってノリかも』
キョーカ『っていうかもう、ほんとショック』
キョーカ『何を根拠にいけると思ったワケ？』
キョーカ『お前とこっちじゃ人間のランクが違うだろおおお！』
りつ　『心からの叫びだね笑』
ゆっち『まあ気持ちはわかる』
キョーカ『もう、マジでつらい。悲しくて泣きたい』

＊

昨晩は当時のことを思い出して、なんだか憂鬱な気分になってしまった。〈石黒くんを待つ会〉などという名前のＬＩＮＥグループに入ったせいかもしれない。

「おはよう、北村さん」

投げかけられた声に、私は顔を上げた。

「あ……おはよう」

山田晴海に自転車で轢《ひ》かれたらしい宇正は、昨日となんら変わらぬ様子だった。宇正と私は席が隣同士のため、何かと話す機会が多い。

「どうだった？　佐々木さん、喜んでくれてた？」

「どうって何が？」

「本だよ！　ボクのオススメした本！」

「あー」

脳裏に、昨日図書室で押しつけられた分厚い本が浮かぶ。

「まあ、喜んでたよ。多分」

「やっぱり！　佐々木さんってああいうの好きだと思ったんだよね」

宇正は大きめのバッグから教科書を一冊ずつ机のなかへと移している。毎日こうしてすべての教科書を家へと持って帰っているのは、このクラスでは宇正ぐらいだ。重い教科書を持ち帰りたくないため、ほかの生徒たちはいつも置き勉をしている。

「そういえばさ、昨日は大丈夫だったの？」

思い出したことを口にすると、宇正は不思議そうに首を傾げた。

「ん？　昨日って？」

「山田くんに自転車でぶつかられたって聞いたけど」

「えっ、誰から聞いたの？」

オーバーな動きで彼は身をのけ反らせる。その動きが不審だったのか、周囲の視線が宇正へと集まった。まあ、彼の言動がどことなくおかしいのは、いまに始まったことではないのだけれど。

私は頬杖をついたまま、視線を前方へと向けた。京香とその取り巻きは、まだ登校していない。

「LINEで、久住さんたちが話してた」

「あー、LINEか。ボク、スマホ持ってないからなぁ」

「買えば？　今時持ってない奴なんていないじゃん」

「でも、ボクには必要ないから」

にこやかに答えられ、私はぐっと言葉を詰まらせた。宇正のこういうところが苦手だ。彼の価値観は、普通の人とズレている。

「……宇正って、彼女できなそう」

「えっ、なんで？」

「いや、なんとなくだけど」

明確な根拠はなかったため、私は曖昧な言葉を返した。本当は、宇正が他学年の女子からモテていることを私は知っている。「宇正くんってイケメンだよね」「宇正先輩ってかっこいいですよね」彼に対するポジティブな評価はだいたい外見にまつわることで、内面に踏み込んだものはほとんどない。結局、みんな顔しか見てないのだ。

宇正が可笑しそうに笑う。青を帯びた眼鏡のレンズがわずかに光った。

「突然そんなこと言うなんて、北村さんって変わってるね」

宇正には言われたくないよ、と私は心のなかだけでつぶやいた。


「では田島さん。教科書の二百三十三ページの五行目から読んでくれる？」

「はい」

二年生になって、私たちのクラスの担任は清水先生になった。国語の担当である彼女はまだ二十代半ばで、小動物のような可愛らしい容貌をしている。胸元まである黒髪の先はほんの少しだけカールを描いており、真っ白なチョークをつかむ指先ではピンク色のネイルが輝いている。その少し派手めな色をした爪の表面には、小さなラインストーンが飾られていた。彼女の薬指には、シンプルなデザインの結婚指輪がはめられている。つい先日、彼女は同じ学校の数学教師と結婚したのだった。

清水先生は優しい。美人だし、若いし、人気のある先生だ。だけど私は、以前ほど彼女を信頼することができなくなっていた。目を閉じると、あの日の花の顔が瞼の裏にちらついた。

生徒が戻らないということで、合宿最終日の自由行動は中止となった。学校側が警察に届けを出し、石黒くんの捜索活動が行われることになったのだ。生徒たちは興奮した様子でさかんに噂話をし、その余波は保護者のあいだにも広がっていった。合宿から帰ったその日の晩には学校で保護者会が行われ、私の母親もなんらかの説明を受けてきたようだった。翌年からのスキー合宿は地元のキャンプ場での合宿へ変更されることになった。監督責任だとか小難しい話をしていたらしいけれど、私にとって重要なのは石黒くんが生きているかどうか、その一点だけだった。

＊＊＊

そして保護者会の翌日、事態はあっけなく収束する。——石黒くんが発見されたのだ。

石黒くんは立ち入り禁止区域にいたらしく、意識を失って倒れていたところを発見された。おそらく雪のせいで地形を把握できなかったのだろう。足を踏み外し、そのまま急勾配の坂を滑り落ちてしまったというのが警察と学校側の見立てだった。その拍子に頭をぶつけ、気を失っていたらしい。救助隊に発見されたとき、彼は胸の辺りまで雪に埋もれていた。もう少し遅ければ凍死していたかもしれないという教師の話に、私は背筋にぞっと冷たいものを感じた。間に合ってよかった。本来ならばそう素直に喜ぶべきだったのだろうが、彼の生還を何の疑問もなく受け入れた生徒はほとんどいなかった。

――なぜ、石黒くんは立ち入り禁止区域へ足を踏み入れたのか。

あれは本当に事故だったのか。事故として扱われているだけで、本当は自殺するつもりだったのではないか。疑念が膨らんでいくのに呼応するかのように、石黒くんに関するさまざまな噂が校内を駆け巡っていた。

「知ってる？　石黒って最近成績落ちてたらしいよ」

「母親の束縛がきつすぎて、家に帰るのが嫌だったらしい」

「話したことないんだけどね、友達いなかったって聞いたことある」

「教室の隅で変な本読みながらニヤニヤしてたんだって。こわー」

「噂だけど、久住さんにフラれたショックで自殺しようとしたんじゃないかって」

もうひとつ、彼の生還を素直に喜べない理由がある。

石黒和也は、確かに生きていた。しかし意識は戻らず、彼は病室のベッドの上で横たわったままだった。意識不明、重体。彼の状態を言い表した言葉は重苦しく、私の気分をよりいっそう暗いものにした。眠ったままの彼から情報を聞き出すことは不可能で、噂はあたかも真実であるかのように生徒たちのあいだで定着していった。

「ねえ、いまから会える？」

花が私を呼び出したのは、石黒くんが発見された二日後のことだった。合宿から帰ってからというもの、花は家でずっとふさぎ込んでおり、学校にも来ていなかった。ＬＩＮＥで連絡しても返事はなく、既読マークがつくばかりだった。今は他人と距離を置きたい時期なのだろう、そう思って連絡するのを我慢していたから、花から電話があったときは驚きのあまり危うくスマホを取り落としそうになった。

スマホ越しに聞いた彼女の声は、普段よりも少し高かった。「いま公園にいるの」と花は言った。私は黒のダウンジャケットをパジャマの上から羽織ると、のそのそと家の近くにある公園に向かった。設置されているベンチはところどころ錆びついており、表面を触るとぷんと鉄のにおいがした。

「恵」

呼びかけられ、私はポケットから手を出した。彼女に向かって腕を振ると、花は可笑しそうに目を細めた。唇の隙間から白い息が漏れている。赤くなった鼻先を隠すように、彼女は自分の口元を手で覆った。

「寒いね」

「寒いよ。どうしたの？　話なら家でもよかったのに」

「外で話したい気分だったの」

そう言って、花は茶色のニット帽を少し下へとずらした。もこもこしたベージュ色のコートに身を包んだ彼女は、私の手を取るなり強引にベンチへ座らせた。

「石黒くん、まだ目を覚まさないんだって」

花は私の手をつかんだまま、静かにつぶやいた。

「入院中みたいだね」

「たぶんね、私のせいで石黒くんはこんなことになったんだ」

「えっ」

ゴクリと喉が鳴った。目を見開いた私に、花が弱々しく微笑みかける。その黒目がチラチラとひっきりなしに動いているのが見えた。

「石黒くんを見たときね、すごく悲しそうに見えたの。でも、私が話しかけたら、ぱっと平気そうに笑っててね。……多分、大丈夫って言ってたけど、石黒君は無理してた。私、なんて言っていいかわかんなくて。だから、普通に別れちゃったの。まさかそのまま石黒くんがいなくなっちゃうなんて、思ってもみなかった」

花の手が、私の手を強く握る。骨をつかまれているような感触に、私は眉間に皺を寄せた。

皮膚の表面を通じて、彼女の体温が伝わってくる。冬の空気に染まった指先は、普段よりもずっと冷たかった。

「先生に聞かれたとき、私、『石黒くんはいつもどおりでした』って言っちゃった。怖かったの。どうして止めなかったんだって責められる気がして。だって、私、石黒くんになんにも言ってあげられなかった。あのときに私が何か言ってれば、もしかしたら石黒くんの自殺を止められたかもしれないのに」

「石黒くんは死んでないし、花はなんにも悪いことしてないよ。きっと私でも無理だった。声なんて、絶対かけられない」

「けど、私、石黒くんになんにもしてあげられなかった」

花の瞳からボロボロと涙がこぼれ落ちた。無力だった自分に対する罪の意識が、目の前の心優しい少女の精神を苛《さいな》んでいる。私はぐっと唇を嚙むと、握られたままの手を握り返した。花がぐすんと鼻を鳴らす。

「だったら、いまからでも遅くない。先生のところに行って話そうよ。そしたら何か進展するかもしれない。真実を話してみよう？」

「だめだよ。いまの話をしたら久住さんを悪く言うことになる。そしたら何されるかわかんないよ。私、あの子が怖いの」

「じゃあ、花はこのことを先生に話すつもりはないの？」

私の問いに、花は答えなかった。唇を嚙みしめ、彼女は私の視線から逃げるようにうつむいた。公園に設置された外灯がジリジリと点滅を繰り返している。深緑色の柵の向こうからは、酔っ払ったサラリーマンたちの話し声が聞こえてきた。彼らの革靴の底がアスファルトを蹴り、軽快な音を立てている。

「恵さえ知っててくれたら、それでいいの」

花はそう言って、少し困ったように眉尻を下げた。苦々しくゆがめられた口元は弧を描いており、まるで笑っているかのようにも見えた。

「恵は、ずっと私の味方でいてくれるよね？」

ひくり、と喉が鳴った。花の指が、私の手首を強くつかむ。

「味方だよ。だって、私たち友達でしょ？」

赤く腫れ上がった目で、花はこちらをまっすぐに見つめる。まるで奇跡を嚙みしめるかのように、彼女は震える声で告げた。

「恵と友達で、本当によかった」

その翌日から、花は学校へ来るようになった。京香は花に対してなんの興味もないらしく、その態度にほとんど変化は見受けられなかった。

「和也のためにさ、できることはしてやろうよ」

宇正はそう言って、石黒くんの分までノートを取るようになった。授業のたびに二冊のノートを開く宇正に、教師やほかの生徒たちも感銘を受けたようだった。コピーして渡せばいいじゃんという正論を告げることが許されるような空気じゃなかった。

「石黒に手紙を書いてあげようよ」

快活なクラスメイトから渡された白い紙には、文字が書きやすいように何本もの罫線が引かれていた。ＨＢのシャープペンシルの芯が、紙にこすれてごりごりと削られる。

手紙を書こうと言い出したのは、バレー部の女子生徒たちだった。真っ白なソックスに、短く切りそろえられた黒髪。京香たちとはまた違う威圧感が、彼女たちにはあった。運動部に所属する少女たちは、カーストのなかでも上位に位置する。彼らは行事にも積極的に取り組むし、一見すると優等生にしか見えない。しかしその反面、おとなしい生徒たちにはやや脅威を感じさせる存在だ。ハキハキとした話し方、きっぱりとした自己主張は、普段自分たちの意見を押し殺して周りに合わせている生徒たちにとっては恐ろしいものに感じられた。

「宇正、すげえ書いてんじゃん」

教室の端のほうで男子生徒が密やかに話している。

「和也が目を覚ましたらさ、見てくれるかもしれないから」

その言葉に、私は自身の書いた文章を見返す。他人に見られることを前提にして書かれた言葉たちは、どれもこれもお行儀がよくてなんだかつまらなかった。私はしばしのあいだ思案し、手元にある紙を裏返した。

「和也さ、早く目を覚ますといいよね」

宇正が無邪気に笑っている。きっと、彼は信じているのだ。石黒くんが目を覚まして、以前のような学校生活を送れるようになると。私は紙の端を握り込むと、大きく息を吐き出した。彼の純粋さが私の首をぎゅっと絞めているような気がして、なんだか胸が苦しかった。


くじの結果から、手紙を渡す役目は花と京香に決まった。生徒代表として手紙を受け取った花は、その重さにいささか困惑していたようだった。

「恵も一緒に来て」

その言葉に、私は素直に従った。久住京香と二人きりで病院に行くなんて、気まずいに決まっている。

「宇正は？」

髪の端を指先に巻きつけながら、京香が尋ねた。「ごめん」と宇正が申し訳なさそうに両手を合わせる。

「本当はボクも一緒に行こうと思ってたんだけど、今日たまたま親戚が家に来るらしくて、無理になっちゃったんだ。今度また個人的にお見舞いに行こうと思ってる」

「ふうん」

京香は不満そうに眉間に皺を寄せたけれども、与えられた任務を放棄するようなことはしなかった。宇正が教室を出ていったのを確認し、彼女は机に腰かけたままこちらへ問いかけた。

「石黒っていまどこにいんの？」

「ふた駅先の総合病院だよ。石黒くん、まだ意識がないから直接渡すのは無理みたいだけど」

私の答えに、京香は唇をとがらせた。

「そういやそうじゃん。それだったら渡すの無理でしょ」

「うん……でも葉山さんたちが渡せって言うし、石黒くんの親御さんか誰かに預けようと思って」

花の言葉に、京香は大仰なため息をついた。葉山とはバレー部の女子生徒の一人だ。京香はわずらわしそうに自身の前髪をかき上げると、窓の外を一瞥した。中庭ではバレー部の生徒たちが筋トレをしている真っ最中だった。

「アイツらもさ、自分で渡しに行けよって感じだよね。手紙書いたっていう実績は欲しいけど、部活の時間を割いてまで渡しに行くのは面倒だって思ってんだよ。あーあー、これだからああいうタイプはヤなんだよねー。宇正が来ると思って引き受けたのに、アイツも来ないし。ホントやんなっちゃうわ」

なんと答えていいかわからず、私と花は黙り込んだ。返事がないことに何かを察したのか、京香はスマホの画面に視線を固定したまま私たちに告げた。

「じゃ、行きますか」

花はまだ手紙の入った紙袋を抱えていた。デパートのロゴの入ったそれは、誰かが準備したものなのだろう。放課後の教室には、壁にかけられた時計の針が動く音が響いている。それをかき消すように、京香の足が床を蹴った。フローリングを打つ足音は、私にはやけに騒々しいものに聞こえた。

総合病院は駅から歩いて五分のところにあった。道路にはうっすらと雪が積もっており、アスファルトのくぼみにできた水たまりの表面は凍っていた。足をそっと乗せると、ふよふよと奇妙な感覚がする。白のダッフルコートに身を包んだ京香がぶるりと身を震わせた。

「さっむ」

薄桃色の唇から吐き出される白い息が、ゆるゆると空気に溶けていく。長い睫毛を上下に動かし、彼女は自身の二の腕あたりを強くさすった。

「石黒ってどこの病室?」

「南病棟の三階って聞いてるけど……本当に入っていいのかな」

二の足を踏む私に、京香が呆れたように肩をすくめた。

「はあ?　いまさら帰れって?」

「そういうわけじゃないけど」

口ごもる私に、京香が目を細めた。アーモンド形の目がわずかにゆがむ。

「べつに悪いことしてるわけじゃないし、堂々としてりゃあいいのよ」

そう言って、彼女はずんずんとエントランスに向かって進んでいった。市でいちばん大きな病院には、多くの人間が集まっていた。待合室のソファに座る人々の表情はぐったりとしていて、長い待ち時間に飽き飽きしているようだった。

エレベーターに乗り込むと、なかには案内図が貼られていた。自分よりもずっと幼い子供が点滴をつけて歩き回っているのを見ていると、なんだか心臓の裏がざわざわした。背伸びしてもボタンに手が届かないのを見かねてか、京香が代わりに五階のボタンを押した。

「ありがとうお姉ちゃん！」

そう満面の笑みで告げられ、京香はぷいとそっぽを向いた。


子供と別れ、私たちは三階のフロアに降り立った。看護師さんが慌ただしそうに廊下を動き回っている。ナースステーションには折り鶴やら人形が飾られていた。

「あの、石黒くんのお見舞いに来たんですが」

京香の言葉に反応したのは、ベテランふうの看護師だった。石黒という名前を耳にし、その口元がわずかに緩んだ。

「もしかして、学校のお友達？」

「そうです。みんなで手紙を書いたので、渡したくて」

京香がハキハキと受け答えしているあいだ、私と花は後ろのほうでそれを眺めていた。知らない人と話すのはあまり得意ではないのだ。

「そういえば、石黒くんのところによく来る子がいるわ。名前はわかんないんだけどね、すごくしゅっとした子で、メガネをかけてるの」

「あぁ、たぶん宇正ですね。クラスメイトです」

「やっぱりそうなのね。あんなにいい子がお見舞いに来てくれるんだから、石黒くんは本当にいい子だったのね」

「ええ。そうですね」

どうやらこの看護師は、ずいぶんと噂話が好きらしい。それにしても、この子って敬語を話せたのか、と久住京香を横目に捉えながら考える。学校では誰彼構わずタメ口で話していたが、意外とこういうところでは礼儀正しいらしい。

「石黒くんの病室は307よ。この廊下の突き当たりを左に曲がったところ。いまご両親がいらっしゃっているみたいだから、あまり騒がないようにね」

「はい、ありがとうございます」

頭を下げる京香にならい、慌てて私と花も会釈する。京香は看護師が奥へと引っ込んだのを確認すると、はあと大きくため息をついた。先ほどまでの優等生面《づら》はどこへ行ったのか、彼女は不満げに唇をとがらせた。

「はー、メンドクサ。ああいう話し好きな人ってウザいんだよね」

「そうなの?」

「相手すんの面倒じゃん。ま、空気読んでいちおうは相手するけどさ」

暑かったのか、彼女はダッフルコートを脱ぐと自身の腕に抱きかかえた。深緑色のブレザーには学校のエンブレムがあしらわれている。長い髪を翻して颯爽《さっそう》と歩く彼女の姿は、テレビで見るモデルそのものだった。

石黒くんの病室は個室だった。小さな窓をのぞき込むと、なかで彼の母親がたたずんでいるのが見えた。父親の姿がないのは、どこかに出かけたからだろうか。扉の前に置かれた消毒液のボトルに、先ほどから鼻孔を刺激していたものの正体はこれだったのかと、私はようやく合点がいった。保健室のにおいにも似た病院の清潔な空気感が私は好きだ。悪いものが何もかもいなくなるような気がするから。

振り返った京香が小声で私たちに告げる。

「入るよ」

ほっそりとした手が扉をノックする。ピンと張り詰めた空気に、私と花は身を固くした。扉を開けた瞬間、石黒くんの母親がこちらを見た。――その眼差しの恐ろしさを、たぶん私は一生忘れないだろう。烈しさを伴った視線が、私たちをまっすぐに射貫いた。睫毛に縁取られた目は真っ赤に充血しており、瞳孔が開いている。乾燥のせいでかさついた唇が大きく開き、その口から悲鳴のような甲高い叫びが吐き出された。

「出ていってよ！」

予想外の反応に、私たちは一瞬身体を硬直させた。恐怖からか、花がゴクリと喉を鳴らす。京香は頬の筋肉を引きつらせたものの、それでも丁寧な口調で彼の母親に話しかけた。

「あの、私たちは石黒くんのクラスメイトで――」

「あんたらのせいで和也はこんな目に遭ったのよ！　顔も見たくない！」

髪を振り乱し、母親はいちばん端にいた花の腕をつかんだ。その拍子に、花が抱えていた紙袋が床へと落ちた。中身が広がり、病室に白い封筒が散らばる。それを踏みつけ、母親は怒鳴った。

「アンタたちのせいで……どうしてうちの子なの！　どうしてうちの子だけがこんな目に遭わなきゃならないのよ」

腕をつかまれたままの花が痛そうに顔をしかめる。それを見かねて、私はとっさに口を開いた。

「あの、花は悪くないんです。だから手を――」

「花？　この子が佐々木花ね？　この子のせいじゃない！　この子が引き止めてくれれば、和也はこんなことにはならなかったのよ！　アンタのせいよ！」

京香が母親の身体を花から引き剝がそうとしたが、それでも彼女の身体はぴくりとも動かなかった。華奢に見えるこの身体の、どこにこんな力が眠っているのだろうか。母親の足が手紙を踏みつけるたびに、花の顔はくしゃくしゃにゆがんでいった。その瞳は涙でにじんでいる。

「何やってるんだ」

母親の暴走を止めてくれたのは、病室に戻ってきた石黒くんの父親だった。彼は床に散らばった手紙を一瞥し、妻の身体を強引に羽交い締めにした。騒動を聞きつけたのか、看護師たちがぱたぱたと病室に駆けつける。やっとのことで解放された花はその場にうずくまった。

「……花？」

憔悴した横顔に、私は思わず彼女の肩を抱いた。花は息苦しそうに自身の胸をかきむしると、ついにはその場で嘔吐した。嫌なにおいが狭い空間に立ち込める。「げっ」と京香が嫌悪感をにじませた。見かねた看護師が花を病室の外へと連れ出してくれた。こういうことはよくあるのか、職員の対応は手慣れたものだった。

錯乱した母親をなだめたあと、石黒くんの父親は私と京香を待合室へと連れ出した。花はまだ看護師に介抱されている。並べられたソファへと腰かけ、父親は深いため息をついた。ソファの表面は固く、座っているとお尻のあたりが痛かった。

「すまないね」

ぼそりと落とされたつぶやきに、京香が首を横に振った。

「いえ。それよりも、あの……」

「息子がああなってから、妻は少々気が立ってしまっていてね。迷惑をかけてしまって本当に申し訳ない」

そう言って深々と頭を下げられ、私は慌てて謝罪を口にした。

「い、いいえ。こちらこそ突然押しかけてしまってすみませんでした」

父親は小さく首を横に振った。彼が息を吐き出すたびに、ぷんとタバコの臭いがした。

「和也は一人息子なんだ。私の体質のせいで、なかなか子供ができなくてね。苦労に苦労を重ねて、やっとのことで生まれた子だったんだ。私たちにとって息子は本当に大切な存在でね……妻がああなるのも理解してやってほしい」

なんと答えていいかわからず、私と京香は曖昧な反応を返した。暗くなった二人を見かねてか、父親が明るい表情を取り繕う。

「まあでも、宇正くんにはいつも本当に助けてもらっているよ。彼は前から家にも遊びに来てくれていてね。妻も宇正くんにだけは心を開いているみたいだ。息子と宇正くんはとても仲がよかったみたいだね」

「だったら、宇正に手紙を託したほうがよかったですね」

「そうだね。これからはそうしてくれると助かるよ」

そう父親が答えたところで、花が看護師に連れられてこちらへと戻ってきた。その顔色はまだ悪かったけれど、先ほどと比較するといくぶんマシにはなっていた。

「大丈夫かい？」

「はい。ご迷惑をおかけしました」

花がぺこりと頭を下げる。それを見届け、京香が立ち上がった。

「佐々木さんも戻ってきたし、私たちもそろそろ帰りますね。今日はいろいろとすみませんでした」

「いや、謝らなくてもいいよ。謝られても、和也が目を覚ますわけではないからね」

言い放たれた台詞に、私は一瞬息を呑んだ。柔らかな声音でコーティングされたその台詞には、研ぎ澄まされた刺《とげ》のようなものが確かに内包されていた。私は目の前の男性をじっと見つめた。穏やかな表情を浮かべる彼は、きっと私たちをなじろうとしたわけではない。ただ無意識のうちに本音が漏れてしまっただけなのだ。

「本当に、すみませんでした」

待合室に、花の掠れた声が落ちる。その唇は何かをこらえるように、固く結ばれていた。

棚に飾られた雑誌には華やかな文字が並んでいる。『新生活にピッタリ、春物コーデ！』ピンク色で刻まれたその言葉に、私はそっと目を伏せた。季節は進み、冬はそろそろ終わろうとしている。しかし、石黒くんは眠ったままだ。果たして彼に春はやってくるのだろうか。扉から吹き込む風は、いまだに冷たいままだった。

無言のまま、三人は病院をあとにした。駅へ通じる道も、行きよりずっと長く感じた。道路を通り過ぎるタクシーのスピードは普段より少しだけ遅い。スリップを警戒しているのかもしれない。

「あのさあ」

唐突に、久住京香は口を開いた。急に足を止められ、私は危うく彼女にぶつかりそうになった。分厚いコートを着込んでいるというのに、短めのスカートからは剝き出しの足がさらされていた。少しずれた黒いソックスは左右で長さが違っている。

「やっぱり私、アンタのせいだと思うんだよね」

そう言って、彼女は花を一瞥した。怯えたように、花が身を震わせる。

「な、何が?」

「石黒があんな目に遭ったの」

そう言って、彼女はその口端を持ち上げた。嫌な顔だな、と私は思った。他人をおとしめるときの顔だ。

「私ばっか責められんのおかしいと思ってたんだよね。アンタにだって責任があんでしょ、普通にさ。あのとき石黒と最後に会ったの、佐々木なんでしょ？　じゃあどう考えてもアンタが悪いじゃない」

「花が悪いって言うの？」

思わず私は一歩足を踏み出していた。花をかばうように、その前に立つ。京香はうっとうしそうに、自身の髪を指で払った。

「だって普通そうでしょう？　さっき石黒のお母さんもそう言ってたじゃん。やめてほしいんだよね、他人のせいにすんの。私のせいで石黒が自殺しようとしたとかいう噂も、本当勘弁してほしいわ。私、なんにも悪いことしてないのにさ」

京香が話しているあいだも、花はじっと下を見つめていた。唇を噛みしめ、潤んだ瞳を必死にごまかそうとしている。いつもそうだった。花は泣きそうになると、何も話せなくなってしまうのだ。私は慌てて反論した。

「ちょっと久住さん、そういう言い方は――」

「なんで？　ホントのことじゃん」

「花は悪くないよ」

「でも、最後に石黒と話したのはコイツでしょ？　なんかそそのかしたんじゃないの？」

「花はそんなことしない」

「あっそ」

京香はつまらなそうにそう言うと、ひらひらと手を振った。しなやかな長い指、桃色の可愛いネイル。彼女の身体を構成する何もかもが、異様なほどに洗練されている。——私たちとは違って。

「アンタらと一緒にいる必要もなくなったし、私、そろそろ行くわ。このへんのファミレスで友達と落ち合うことになってるから」

「えっ」

「それじゃ」

そう吐き捨てるように告げ、京香はそのまま駅とは反対の方向に進んでいった。取り残された私たちは、しばらくぽつんと駅前でたたずんでいた。黙り込んでいた花が、ゆっくりと顔を上げる。

「ねえ、恵」

「どうしたの？」

「明日、清水先生のとこについてきてくれる？」

その言葉に、私はすべてを察した。

「ホントのこと、話すの？」

「うん」

「そっか。……怖くない？」

「怖いよ。でも、あんな言い方されたら、私だって我慢できないよ」

そう答え、花は再び黙り込んだ。丸みを帯びた頰は熟れた林檎みたいな色をしていた。私はそろりと隣の幼馴染みの顔をのぞき込んだが、その唇は固く閉ざされたままだった。


清水先生は国語の教師だった。一年五組の担任で、優しいと人気があった。彼女はまだ若く、私たちとたいして年が変わらないように見えた。ほかの先生たちはちょっと怖いけど、清水先生ならわかってくれる。そんな期待が私の胸にもあったから、花が清水先生のもとに行こうと言った心情はなんとなく理解できた。

日付はすでに二月の半ばに差しかかっていた。期末テストが近づいていることもあり、どの教師も忙しそうだった。保護者の対応に追われているのも理由のひとつかもしれない。

「先生」

花の舌っ足らずな声が、職員室に響いた。清水先生は目を細めると、可愛らしい仕草で小首を傾げた。張りのある瑞々しい肌は、パウダーのせいかうっすらときらめいている。

「あら、佐々木さんに北村さん。どうしたの？　提出物？」

「あの、先生に相談があるんです」

花の言葉に、清水先生は少し困ったように眉尻を下げた。そう。小声でつぶやき、彼女は考え込むようにしばしのあいだ口をつぐんだ。その視線が、ホワイトボードに書かれた日程表へと向けられる。

「そうね。それじゃあ相談室で話しましょうか」


相談室というのは、数年前に設置されたカウンセリング用の小教室のことだった。談話室のようなかたちをとっていて、毎週金曜日になるとスクールカウンセラーの先生がやってくる。相談したいことや悩みがある生徒はここで己の悩みを吐き出しているらしい。

「あの、石黒くんのことなんですけど」

石黒くん。その名前が出た瞬間に、清水先生の頰の筋肉が不自然に引きつった。彼女は大きく息を吸い込むと、胸元のポケットから赤い手帳を取り出した。

「佐々木さんは石黒くんと最後に話したのよね」

「そうです。飲み物を買いに、自販機の所に行って。そこで石黒くんと話したんです」

「そのときは確か、石黒くんはいつもどおりだったのよね？　そう前に話してくれたって聞いてるけど」

「それなんですけど、」

花はそこで一度言葉を詰まらせた。華奢な指が、自身の太ももをスカート越しにつかんでいる。伏せられた瞼の隙間から、黒目がチラチラと揺れているのが見えた。花は大きく息を吸い込むと、それから言った。

「あのとき、言えなかったことがあったんです」

「言えなかったこと？」

「石黒くんと最後に話したときのことです。私、本当はずっと悩んでて。でも、やっぱり言おうって思ったんです」

花がまっすぐに清水先生を見つめる。その視線が重苦しいとでもいうように、先生の眉間に深い皺が寄った。手のひらを握りしめ、花が興奮したように身を乗り出す。

「石黒くん、こう言ったんです。『このまま消えちゃいたい』って。私、びっくりして何も言えなくて。そしたら石黒くん、ごまかすみたいに笑って。『ごめん、なんでもない。大丈夫だよ』って、私に言いました。だけど、本当は大丈夫なんかじゃなかった。……きっと、石黒くんは自殺しようと思ってあの場所に行ったんだと思います。誰にも見つからない場所に行きたかったんだと思うんです」

カーテンの隙間からは、日差しが線となって差し込んでいた。窓際に飾られている植物はなんという名前だろうか。温かみのある茶色のポットからは、薄緑色の葉が伸びている。その先端はしおれて黄色に変色していた。

じっと黙り込んでいた清水先生が、おもむろに顔を上げる。普段は優しそうだと評されるその表情も、今日ばかりは硬かった。

「佐々木さんは、どうして最初からそれを言わなかったの？」

「それは、」

「あなたはあのとき、『石黒くんはいつもどおりだった』って言ったじゃない。時間がたって、記憶が変わってきたんじゃないの？　よくあることよ、そういう勘違いって」

「勘違いじゃないです。私、怖くて言えなかったんです。もしそう言ったら、なんで石黒くんを止めなかったのかって責められると思って」

「責めはしないけれど、純粋に疑問に思うわ。どうして石黒くんを止めなかったの？」

「まさか自殺しようとしてたとは思わなかったんです。私、気づいてあげられなくて。石黒くん、久住さんのせいで思いつめてたんだと思います、なのに……」

「佐々木さんが自分を責める必要はないわ。大丈夫、あれは事故だったのよ。石黒くんの言葉は佐々木さんの言うとおり冗談に違いないわ。もしくは、単なる佐々木さんの記憶違いか」

「でも、」

「佐々木さん、無理しなくていいの。あなたはきっとストレスで疲れてるんだわ」

まさか自分の言葉が否定されるとは思っていなかったのか、花は傷ついた表情で目の前の教師を見た。真っ黒な瞳がゆらゆらと揺れている。彼女は唇を噛みしめ、きつく自身の拳を握りしめた。たぶん、言葉が出なかったのだ。

無言になった花に、清水先生は穏やかな微笑を浮かべた。相手を説得するような、いつものあの顔だ。大人が得意とする、すべてをうやむやにしようとする笑み。

「いい？　石黒くんがいじめられていたって話はないし、久住さんのせいで自殺しようって思ったなんてありえないの。あれは単なる事故だったのよ。足を滑らせただけ」

「でも、石黒くんは前日に久住さんにＬＩＮＥで自分の発言をさらされました。私、あれっていじめだと思うんですけど」

先生の台詞に、思わず私は口を開いていた。おそらくその表情は、教師の目には反抗的なものに映っただろう。彼女はまるで諭すように、私の肩を優しく叩いた。

「その件についてはこちらも把握してるわ。ほかの子も先生たちに言いに来たのよ。私もちゃんとその文面を見たし、久住さんから話も聞いた。……確かに、北村さんたちみたいな真面目な子にとって、あのときの久住さんの行動は不愉快だったかもしれない。だけどね、あれは単なる冗談なのよ。高校生ぐらいの年ごろになるとね、ノリが合わない子も多いでしょう？　先生もそうだったもの。だから、あなたたちの気持ちはよーくわかるわ」

「先生にはあれが冗談に見えたんですか」

私の問いかけに、清水先生は苦笑した。

「北村さんたちにはあれがいじめに見えた？　単なるいつものかけ合いだったじゃない。まあ、久住さんたちも子供だし、ヒートアップしてちょっときつい言い方にはなっていたわね。だけど、あんなのはよくある話だわ。先生たちのころもああやってよくふざけあったりしたもの。だから、あれはいじめじゃないの」

いじめじゃない。そう彼女が断言した瞬間、私の胸に湧き上がってきたのは、目の前にいる女教師への失望だった。清水先生はとても優しい。だけどその優しさは、表面的なものにすぎない。どの生徒にだっていい顔をして、いつだって八方美人。その上っ面を、勝手にこちらが優しいと思い込んでいただけなのだ。彼女は石黒くんの件を大事《おおごと》にしたくない。なぜなら責任をとりたくないから。なんだ、もっと早く気がついておけばよかった。

この大人は、信じるに値しない。

「……わかりました」

振り絞るような声でつぶやいた花の双眸には、うっすらと水膜が張っていた。蛍光灯の光を浴びて、その表面がゆらゆらと怪しく揺れている。

「よくわかりました、清水先生」

花の唇から、小さく声が漏れる。その声音は暗く、彼女もまた目の前の教師に失望していることがうかがえた。ぎこちない動きで、花が立ち上がる。座っていたときと比べ、自然と二人の距離は離れた。汚れた上履きから伸びる影は、先生のそれとは重ならない。清水先生が一瞬だけ、悔いるような目をこちらに向けた。しかし、彼女はそれでも笑みを崩さなかった。

「わかったならいいの。でも、頼ってくれてうれしかったわ。もしもまた悩みがあれば、いつでも相談に来てね」

「はい、先生」

花はそう言って、身を守るように自身の鞄を胸の位置で抱きかかえた。私も慌てて鞄を肩にかける。ガラス製のテーブルには、三つのカップが置いてある。しかし、花のグラスには口をつけられた形跡はなかった。

「ありがとうございました」

そう言って、花は相談室をあとにした。私も一礼すると、慌ててそのあとを追った。

廊下に出た瞬間、花は勢いよく駆け出した。突然の行動に面食らいながらも、私は彼女に付き添うことにした。人けのない場所にたどり着くと、花は立ち止まって自身の顔を手のひらで覆った。彼女の小さな顔は、大きな手にすっぽりと隠された。よく見ると、伸びすぎた爪には薄桃色のマニキュアが塗られていた。

「やっぱり、先生も久住さんの味方なんだ」

そうつぶやき、彼女はその場にうずくまった。冬の廊下はひどく寒かった。透明な窓ガラスの向こう側には、表面だけ雪を被った車が見える。私は窓枠に腕をかけたまま、花のほうを見下ろした。やや癖のある黒髪が、整髪料で無理やりなでつけられている。天然パーマは、花の昔からのコンプレックスだ。

「私、もう学校に来たくない」

「えっ」

「学校に来るの、やめる」

無人の廊下に、彼女のか細い声がやけに響いた。私はなんと言っていいかわからず、自身の鞄の持ち手を強く握った。ぎゅっと、合成皮革が耳障りな音を立てる。その反応に、花は小さく息を吐いた。熱を帯びた吐息が空気に白い色をつける。
「だって、大人の人たちは私のこと信じてくれないんだもん」
そう言って、彼女は笑った。そのあまりの痛ましさに、私はとっさに目を逸らした。スピーカーからは授業の開始を告げるチャイムが聞こえていた。だけど、花は動かなかった。

その日以来、彼女は本当に学校に来なくなったのだった。

〈石黒くんを待つ会（4）〉
キョーカ『グループ作りました』
キョーカ『石黒の情報があったら、みんなで共有できたらと思って』
りつ　『確かに、あのあとアイツがどうなったかとか気になるしね』
Haru　『こんなグループ作るとか、なんか心変わりでもあった？』
キョーカ『なんでもないよ笑　私的に学年LINEになればいいと思ってるから』
キョーカ『みんなテキトーに友達とか誘ってよ』
りつ　『はーい』
Haru　『ってかさ、石黒ってマジで遭難して意識不明になったわけ？』

りつ　『らしいよ？』
Haru　『自殺未遂じゃなくて？』
りつ　『やめなよ』
良久　『学校はただの事故って言ってるけど』
Haru　『でも、自殺未遂の可能性高いと思う』
りつ　『晴海、マジでそのへんにしときなよ』
良久　『お前マジで空気読めねえよな』
Haru　『ごめん』
Haru　『でもみんながそうやって噂してる。石黒は自殺したかったのかもって』
りつ　『その噂は、まあ、私も聞いたけど』
良久　『気にしなくていいだろ、所詮噂だし』
Haru　『まあそうなんだけどさ』
Haru　『でも、最後に石黒と話した佐々木も学校に来なくなったし』
りつ　『あの子なんで学校来なくなったわけ？』
良久　『知らねえよ』
キョーカ　『あいつのことはどうでもいいって』

キョーカ『それより、このグループにちゃんと知り合い誘ってね』
キョーカ『あ、でもウザいやつはスルーで』
りつ　　『はーい』

石黒くんが自主退学したと担任が告げたのは、事件から一カ月ほどたったころだった。転院したことに伴う退学だったらしいが、保護者の強い要望で、転院先はおろか彼の容態すら秘密にされた。おそらく母親の希望だろう。彼女はこの学校をひどく憎んでいたようだから、クラスメイトに息子の情報を伝えたくなかったのかもしれない。

石黒くんが目を覚ましたのか、それともいまだに眠ったままなのか。そうした石黒くんに関する情報を共有するために作られたはずのＬＩＮＥグループは、得られる情報が皆無だったせいか、次第に雑談の場に成り果てたようだった。

時間がたち、私たちが二年生になっても状況は変わらなかった。石黒くんに関する情報が与えられることはなく、いつの間にか彼の机も取り払われた。彼のことを話題にする人間も徐々に少なくなり、石黒くんの痕跡は時間とともに消えていった。

第三章　再来

〈ゆりあんぬ（3）〉

ゆっち『たっくんと喧嘩した、最悪』

あーたん『なんで？』

ゆっち『たっくんがね、三カ月記念日を忘れてたの。それで怒ったら逆ギレ』

ゆっち『今日は記念日だから髪だってセットしたのに』

りつ『あー、そういうこと気づいてくれないの悲しいよね』

ゆっち『ほんと悲しい』

あーたん『それで？　喧嘩別れしてそのまま帰ってきちゃったの？』

りつ『彼氏から連絡きた？』

ゆっち『さっきごめんってLINEきた』

りつ『許してあげなよ、向こうもきっと反省してるって』

ゆっち　『そうかな？』
あーたん『うん、きっとそうだよ』
ゆっち　『じゃあ、あと二十分後に返信する』
ゆっち　『すぐ返事したらこっちが連絡待ってたって思われるかもしれないし』
りつ　　『気にしすぎ笑』
ゆっち　『いやいや、こういうのが大事なの！』
あーたん『まあ仲直りできそうでよかったよ』
あーたんがスタンプを送信しました。
ゆっちがスタンプを送信しました。
ゆっち　『あーあ、私も京香ぐらい美人だったらなあ』
ゆっち　『そしたらたっくんも私のこともっと大事に扱ってくれるんだろうなあ』
りつ　　『いくら美人でも笑』
あーたん『性格がね笑』
ゆっち　『本当のこと言わないであげて笑』
りつ　　『まあでも、なんだかんだ言って私はキョーカのこと好きだけど』
ゆっち　『あの面倒な性格も含めてね笑』

あーたん『なんだかんだいって許しちゃうんだよなあ』
りつ　『あれがスター性ってやつなのかもね』

「――しかし、それは臆病な自尊心とでもいうべきものであった」

優奈の声が、教科書の一節を読み上げる。『山月記』の一部分だ。シャープペンシルを指先でもてあそびながら、私は教室の端へと視線を送った。国語の授業というのはいつも退屈で、ついつい欠伸が出てしまう。

廊下側のいちばん後ろの席。久住京香はいつものように、堂々とスマホをいじっていた。茶色に染めた髪を、今日はポニーテールにしている。蛍光ピンクのシュシュの細部には、細やかにフリルがあしらわれている。

「ねえねえ、田代があとでカラオケ行こうって」

前に座っていた律が京香へと話しかける。京香は顔を上げると、「どうしよっかな」と平板な声で応じている。朗読中の優奈が困惑したように清水先生を見た。先生は眉尻を下げると、京香の机を軽く叩いた。

「久住さんも長谷川さんも、いまは授業中よ？」

「ごめーん、清水ちゃん」

律が両手をすり合わせる。その後ろで、京香はわずかに目を細めた。

「清水ちゃんってカラオケとか行くの？」

「行かないわよ。ほら、いまは授業中だから前を向いて」

「えー、じゃあさ、旦那さんとはどんなとこ遊びに行くの？」

「あ、それ私も聞きたーい」

京香の台詞に乗っかるようにして、律がひらひらと手を挙げる。清水先生は困ったように頬に手を当てながらも、まんざらでもない顔をしていた。

「そういう余計な話はあとでいいでしょ？」

「えー」

「『えー』じゃない。ほら、長谷川さんも教科書開いて」

「ちょっとぐらい、いいじゃん。ケチだなー」

律がすねるように唇をとがらせる。その少し離れた位置では優奈が教科書を開いたまま、所在なげにぽつんと立ち尽くしている。朗読を途中で中断させられ、困っているようだ。周囲のクラスメイトたちは同情した様子で優奈のほうをうかがっている。

清水先生が呆れたように腕を組んだ。

「ケチじゃありません。とにかく、いまは授業中よ？」

「わかった。じゃあ休み時間に聞く」

「それならいいけど」

清水先生の目尻にわずかに皺が寄った。楽しげに綻《ほころ》んだ教師の口元を、周囲の生徒たちは冷ややかに見つめている。清水先生はとても優しい。だから、京香たちのことを叱らない。

「ごめんなさいね、田島さん。続き読んでくれる？」

そう言って、清水先生は優奈のほうを振り返った。「はい」と優奈が再び続きを読み出す。京香はスマホを鞄へしまい込むと、手鏡で自身の前髪を整えていた。彼女の爪に塗りたくられた水色のマニキュアは、明らかに校則違反だった。だけど、先生はそれを注意しない。まるで暗黙の了解みたいに、見て見ぬふりを続けている。

京香たちは教師に気に入られていた。どの教師も、手のかかる生徒だと口では言っているけれど、内心では彼女たちのことを気にかけている。授業中の注意はいつだって口先だけのもの。そのほかの生徒がどれだけ迷惑をこうむっていようとも、教師たちの目には京香たちしか映っていない。やんちゃだけど根はいい子たちだから、と彼らは言う。真面目にしているほかの生徒の内面なんて、見ようとはしないくせに。

「はい、ありがとう。田島さん」

あてられた箇所を読み終え、優奈がふうと息を吐いた。清水先生がにこやかに微笑む。握られたチョークが深緑色の黒板に文字を刻んでいくのを、私は頬杖をついて眺めていた。ねえ、先生。せわしなく動く小さな背中に、私は内心で声をかける。

――もしかしてさ、先生も久住さんたちに嫌われるのが怖いの？

当然、答えは返ってこなかった。

「今度さ、清水先生のお祝いしてあげない？」

昼休みになり、生徒たちは昼食を持ってそれぞれのグループへと移動していた。いつもは一人で母親手製の弁当を食べている宇正が、その日は珍しく京香に話しかけている。「お祝い？」と京香が面倒くさそうに聞き返した。

「そう。せっかくだしさ、結婚祝いにお花とか」

「えー、いつ渡すの？」

「今度の火曜とかどう？　月曜に買い物に行ってさ」

「めんどくさー」

京香が眼を細める。彼女の手のなかには、カフェオレの入った紙パックが握られていた。売店に置いてある赤いストローを噛み、彼女は宇正のほうを見上げる。視線を受け止め、彼は無邪気な笑みを浮かべた。

「久住さんも清水先生のことは好きだろう？」

「まあ、気に入ってはいるけど。清水ちゃん優しいし」

「きっとお祝いしたら喜んでくれるって」

「べつにあの先生を喜ばせたいとか思ってないけど。っていうか、なんでわざわざ私に話しかけてきたわけ？　花あげるくらい勝手にやりゃいいじゃん」

すねたように彼女が告げると、「まあまあ、そう言わずに」と宇正が両手をこすり合わせた。

「久住さんからＬＩＮＥでみんなに声かけてくれない？　先生のお祝いに関して」

「はあ？　なんで」

「だってボク、ＬＩＮＥやってないし」

「始めればいいじゃん？」

「スマホ持ってないんだもん」

その回答に、京香は不服そうに頬を膨らませた。カフェオレを一気に吸い込み、彼女は宇正をにらみつける。

「っていうか、それだったらほかのやつに頼めばいいじゃん。私以外でＬＩＮＥやってるやつにさ」

「でも久住さんがいちばん影響力あるし。久住さんが声をかけたら、みんなやってくれるじゃん」

「えー」

「ね、お願い」

宇正の言葉に、京香は鞄からスマホをしぶしぶ取り出した。京香はいつも宇正に対して辛辣な反応を示すけれど、その頼みを断ったことは一度もない。なんだかんだいって、彼女は宇正を拒まない。

「わかった。じゃ、LINEに書いておくから」

「ありがとう。さすが久住さんだね」

彼のまっすぐな感謝の言葉に、京香は照れたように顔を背けた。高い位置でくくられた髪の先端が、勢いよく揺れている。

「べつに、アンタのためじゃないし」

吐き捨てるように言った台詞に、隣にいた律が吹き出した。

「京香ソレ、どんな照れ隠しよ」

「べつに照れてない！」

そう答えながらも、彼女は律儀にスマホに文字を打ち込んでいた。

〈石黒くんを待つ会（154）〉
キョーカ『清水ちゃんにお祝いで花束買うことになったんだけど』
Haru『結婚祝い？　おめでたいね』
りつ『あれ、ゴリラから名前戻ってんじゃん』
Haru『ゴリラから再び改名しました』
山下雄大『なんで？』
Haru『親になんでそんな名前なのって聞かれたから！』
りつ『ウケる』
キョーカ『笑』
Haru『ってか、いつ渡すの？』
キョーカ『来週の火曜。月曜の放課後に買いに行くつもりだって』
山下雄大『誰の提案？』
キョーカ『宇正』
山下雄大『あー、なるほど』

キョーカ『なるほどってどういう意味』
山下雄大『京香って宇正には甘いから』
キョーカ『そんなことないってば』
キョーカ『あとでクラスでお金徴収するんでよろしく〜』
良久　『一人いくらくらい？』
キョーカ『だいたい百円くらいになると思う』
キョーカ『私と宇正で買いに行くから』
良久『俺もついていこうか？　荷物ぐらいなら持つけど』
キョーカ『ありがと、でも二人で大丈夫だから』
りつ　『少しは空気読めって笑』
良久　『うっせ』
キョーカ『いやいや、買い物なら二人で充分って意味だし』

私は学校が苦手だ。嫌いじゃなくて、苦手。教室という狭い立方体のなかに、三十人を超える生徒が押し込まれている。そのことが、気持ち悪い。みんなが同じ方向を向いて、黒板に書かれた同じ言葉をノートに書き写している。同じ制服を着て、同じような顔をして、そのくせ考えていることはバラバラで。なんでみんなそれが平気なんだろう。私は、たまに耐えられなくなる。この教室から逃げ出して、自分という存在が跡形もなく消え去ってしまえばいいと思う。

「私って変わってるのかな?」

放課後。花の家でいつものように愚痴をこぼすと、彼女はその口端を小さく持ち上げた。唇の隙間から彼女のチャームポイントである八重歯がのぞいている。

「その台詞って、結構イタイよね」

「えー、ヒドイ」

「だってさ、恵、全然変わってないもん。みんな似たようなこと考えてるよ」

パソコン前の椅子に体育座りしたまま、花はそう快活に告げた。その手元では、黒色のスマホが充電されている。

ベッドに寝そべっていた私は、むくりと身を起こした。

「花も考えてる?」

「超考えてる」

「そんなもんかー」

自分が変わっていると思いたい。そういう欲求が、私のなかには昔からくすぶっている。

ほかの人間と同じは嫌だ。あの子は特別だって思われたい。だけど、特別になりたいと願う人間はそこらへんにあふれている。人と違うことを望んでいるはずなのに、結局は私も一般的な女子高生と同じような思考をしている。じゃあ、特別な子ってどんな子だろう。そう考えたとき、私の脳裏にはなぜだか久住京香の姿が浮かんだ。

「花にとって、特別な子ってどんな子？」

「なに、突然」

「いや、なんとなく」

ふうん、と花が目を細める。考え込むように、彼女はそのまま頬杖をついた。

「特別かあ……。私が思うに、宇正くんかなあ」

「ええ？　なんで？」

予想外の名前に、私は思わず聞き返してしまった。背もたれに顎を乗せ、花は「うーん」とうなるような声を発する。

「そうだなあ。強いて言うなら、自己顕示欲の見せ方かなあ」

「嘘ぉ、あんなにわかりやすい褒めてもらいたいマンなんていないでしょ。アイツはただの単純馬鹿だよ」

唇をとがらせた私に、花がふと笑みをこぼす。彼女は立ち上がると、ベッドの空いたスペースへと腰かけた。その視線がケージのなかのハムスターへと向けられる。赤い回し車をカラカラと回す、貧相な体軀のジャンガリアンハムスター。

「逆だよ逆。わかりやすいからすごいなって思うの」

「どういうこと？」

「だって、普通はあんなふうに行動できなくない？　恥ずかしくて」

そう言いながら、花がスマホの画面をこちらに向ける。長方形の画面に浮き上がっていたのは、ツイッターのホーム画面だった。

キョーカ。Ｍａｒｇｅｙ所属。大人になりたい。

プロフィール欄に並んだシンプルな文字列。加工の入った自撮り写真のアイコン。その隣に書かれたフォロワー数の多さに、私はすっかり驚いてしまった。自撮り画像とオシャレな風景写真で埋め尽くされた投稿欄。こんなものの、いったい何がおもしろいのだろう。私にはさっぱりわからない。

「誰かに認めてもらいたいって欲求は、きっとみんなが持ってるものなんだよ。久住さんはこうやってたくさんの人に承認してほしいって思ってるし、宇正くんは逆に身近な人に褒めてもらいたいって思ってる。たぶん、二人の根底にあるのはどっちも同じ欲求なんだ」

「えー、そう？　私は真逆だと思うんだけど」

「まあ、これは私の勝手な推測だから、当たってるかわかんない。でも、私には二人みたいに堂々と賞賛をねだる勇気がないから。だから、どっちも特別だと思う。いい意味でも、悪い意味でも」

そう言って、花はスマホの画面に視線を落とした。更新された画像の下には、いくつものコメントがついていた。夕日がにじむ空を背景にたたずむ、どこか大人びたシルエット。綺麗だと、そう素直に思える写真だった。子供から大人へ。過ぎていく一瞬を切り取った、誰もが羨むような美しい写真。それを指先でなで、花がつぶやく。

「私は自分が美人になりたいわけじゃない。ちやほやされたいわけじゃない。ただ、尊重されたいの。一人の人間として、胸を張ることを許して欲しい」

窯の中に放り込んだ鉄みたいな、目に見えて熱を持った声だった。私はなんと声をかけるべきか分からず、自身の指を擦り合わせる。カラカラカラ。部屋の隅ではハムスターが必死に回し車を回していた。

「花はいま、自分が尊重されてると思ってないの？」

「自信がないの」

花はそう言って目を伏せた。その頬には、いくつか赤いニキビの痕があった。

「恵は自分の見た目、好き？」

「それは……」

「私は嫌い。だから、ネットは好き。匿名だから。現実なんて関係ないから」

本当にそうか？　と私は思った。花が今見ているInstagramだって、結局は現実の延長線上にある。見た目が優れている者、才能がある者、資産がある者。現実を武器にして、彼らはネット世界を勝ち抜いていく。

ネット上でも、『キョーカ』は勝者だ。

＊＊＊

「その本いいよね」

図書室のカウンターで本を差し出すと、表紙から視線を外さないままに石黒くんはつぶやいた。驚いて、私は目を瞬かせる。彼は貸出表に日付の入った判を押すと、「はい」とこちらに本を手渡した。

まだ私が一年生だったときの、暑い夏の日のことだった。ほかの生徒がいない図書室はクーラーがやたらと効いていて、白いカッターシャツ一枚では肌寒いぐらいだった。しんと静まり返った図書室に、石黒くんの作業する音だけが響いている。木製のカウンターに手を置き、私はわずかに目を細めた。

「石黒くんもこの作者好きなの？」

「うん、よく読むよ。デビュー作が好きでさ」

「映画になったやつ？」

「そうそう。あれからハマったんだよ」

石黒くんはそう言って照れたように笑った。その拍子に、でこぼこと並んだ彼の白い歯がチラリとのぞいた。

石黒くんはクラスのなかでも影の薄いタイプだった。教室の隅っこで、じっと一人で過ごしているタイプ。石黒くんは宇正と仲がよかったから、宇正の友達の一人として認識している人間も多かったように思う。そういう私もこうして話すようになるまでは、彼をほかの人間と同じように認識していた。宇正のオマケ。それが彼に与えられたクラスの評価だった。

「ほかにオススメの本とかある？」

私の問いに、石黒くんは考え込むように腕を組んだ。図書委員である彼は、図書室に新しく入荷される本についても詳しかった。

「北村さんってどんな本が好きだっけ？」

「ミステリとかサスペンスとかかな」

「あー、じゃあ、あれとかいいかも。結構おもしろいよ」

そう言って、石黒くんは新刊コーナーにある一冊の文庫本を指差した。誘拐事件についての話らしく、その帯に『衝撃のラスト』という仰々しい文字が躍っている。

「こういうのってさ、『衝撃の』とか書かれちゃうと萎えるよね。ネタバレというか、身構えちゃうというか。私としては、何も知らない状態で読んで衝撃受けたいんだけど」

「でもそれ書いてないと、そもそも読もうって気持ちにならないから難しい気がする。俺さ、将来は出版社に就職して、帯のコピーを考えるのが夢なんだ」

「へぇ、カッコイイ」

「別に、全然カッコよくないよ」

石黒くんは照れたように頬を掻いた。なんだか私まで恥ずかしくなって、慌てて本を指さす。

「じゃ、それも借りるね。オススメしてくれたから」

「ん、分かった」

彼はよどみない動きで貸出手続きをすると、本を私に差し出した。本を摑むその五本の指と接触しないように気を付けながら、私は本を受け取った。

あの時に借りた本は三日と経たずに読み終わった。衝撃のラストはまったくもって衝撃ではなく、私はとてもがっかりした。面白かったと嘘を吐くのも忍びなく、結局私は石黒君がいない日を見計らって図書室へと本を返した。

あの時、嘘を吐いてでも石黒君に感想を伝えていれば、何かが変わっていたのだろうか。繰り返す想像の結末はいつも、吹雪の白に塗り潰された。

＊＊＊

「えっ、そんなの買うの？　マジで？　宇正ってセンスなさすぎじゃない？」

少し離れた店内から、久住京香の騒々しい声が聞こえてくる。彼女が大げさに動くたび、短いスカートがふわふわと揺れていた。その手首には、ジャラジャラとカラフルなアクセサリーが巻きつけられている。

石黒くんとの思い出に浸っていた私は、ようやくそこで我に返った。花屋の一角では、無邪気な顔をした宇正が「そうかな？」と恥ずかしそうに首を傾げている。宇正が指差していたのは、黄色のカーネーションの束だった。普段目にしているカーネーションとは違うその色は、私に新鮮な印象を与えた。隣のバケツに無造作に入れられているのは、赤と黒が特徴的なアネモネだ。

「ボクは綺麗だと思うんだけどなー」

「いやいや、花単体は綺麗だけどその組み合わせはアリエナイから。このチョイスはナシの方向で」

「えー」

「アンタより私のほうが百倍センスあるから！　とにかくこの花はナシ！」

「わかったよ」

京香に論破された宇正はしぶしぶという具合にほかの花を探索しに行った。満足したように、京香がフンと鼻を鳴らす。その視線が、ふいにこちらへ向けられた。

「北村もごめんね。わざわざ付き合わせちゃって」

「あ……べつに大丈夫、だよ」

「忙しかったら帰ってもいいからね。宇正のやつ、いきなり誘ってくるなんてホント迷惑って感じだよね」

「いや、私はべつに、迷惑とは……」

「あ、そうなの？　不機嫌そうな顔してたから帰りたいのかと思った」

返事に詰まり、私は曖昧な愛想笑いを浮かべることしかできなかった。そもそも、京香と宇正の買い物に私まで付き合わされるハメになったのは、「北村さん、今日も佐々木さんの家に行くんでしょう？　ならついでに花屋までついてきてよ」という不用意な宇正の発言のせいだった。といっても、ここに来るまで宇正と京香は二人で楽しそうに話していたため、私はいてもいなくても同じような存在だったのだが。

「そういえばさ、佐々木ってどうしてる？」

「えっ」

京香の口から花の名前が飛び出た瞬間、額から嫌な汗が噴き出した。一瞬にして脳裏をよぎったのは、病院に行ったあの日の京香と花のやり取りだった。

「なんで久住さんがそれを聞くの」

名前を呼ぶ声は、自然と刺々《とげとげ》しいものとなった。私の反応に、彼女は小さく肩をすくめた。綺麗に整えられた眉尻が、不愉快そうにわずかに吊り上がる。

「興味はないけど、学年ＬＩＮＥに参加してたから聞いただけ」

「花はまだ学校には来ないよ。石黒くんを止められなかったことを責められて、すっごく傷ついてるから。あの子はなんにも悪くないのに」

「バカじゃないの？」

京香はそう言って鼻で笑った。リップクリームの塗られた艶やかな唇が、意地の悪い形にゆがむ。

「何も悪くないなら反論すればいいじゃん。それができないってことは、本人にもやましいところがあるってことでしょ？」

「みんながみんな、反論できるような性格じゃないんだよ。自分に悪いところがなくたって、文句の言えない子はいっぱいいる」

私の反論に、京香はクツリと喉を鳴らした。店員と話し込んでいる宇正を一瞥し、彼女はぐっと声の音量を落とす。漏れた吐息が、私の頬を微かにくすぐった。

「反論できないなら、非を認めたって言われても仕方ないでしょ。何？　アンタまさか、黙ってるやつの気持ちをエスパーみたいに読み取れって言うの？」

「それは、」

「そんなの無理に決まってんじゃん。言ってくれなきゃわかんないよ。佐々木は部屋に閉じこもって、黙ることを選択した。その時点でアイツの負けなの。悔しかったらちゃんと言葉にすればいいんだよ。それが人付き合いってもんでしょうが」

その台詞に、私は唾を飲み込んだ。肺のなかが不愉快な感情でぱんぱんに膨れ上がっている。上手く反論したいのに、私の唇は凍りついたように動かなかった。あまりにも不愉快すぎて、絶句するしかなかったのだ。

「だいたいさ、アンタらは全部私が悪いってことにしたがるけど、それって結構ひどくない？　石黒があんな山奥に行っちゃった責任ってさ、どう考えても私より佐々木にあると思うんだよね。だって、あの日私、一回も石黒と話してないんだもん。それなのに全部私のせいって、ひどすぎでしょ」

「久住さんは、本当に石黒くんに対してなんとも思ってないの？」

「何が？」

私の問いかけに、京香はコトリと首を傾げた。

「私、アイツに何か悪いことした？　告白されて振ったら、それが悪いことなの？」

「振ることが悪いんじゃなくて、振るにしてもやり方ってものが――」

「は？　意味がわかんない。キモイやつにキモイって言っただけじゃん。真実なんだもん、仕方ないでしょ」

吐き捨てられた台詞に、私は自身のシャツの裾を握りしめた。京香がわずらわしそうに髪を肩から払う。弧を描く茶色の髪が静かに翻った。

指先に力を込め、私は尋ねた。

「本当のことだったら、なんでも言っていいの？」

「いいでしょ、それが正しいなら」

正しいって、何。石黒くんへの仕打ちが、あなたにとって正しい行為だったとでも言うの。込み上げる不満が、胸のなかでぶすぶすとくすぶっている。

「じゃあ、なんで久住さんはあのＬＩＮＥグループを作ったの。石黒くんを待つ会だなんて」

私の問いかけに、彼女は不思議そうな顔でこちらを見た。なぜそんなことを聞くのかわからない。そう言いたげな表情だった。

「だって、かわいそうじゃん。病院で石黒のお母さん見たでしょ？　ちょっとでも力になりたいって思うの、普通じゃない？」

「かわいそうって……久住さんがそれを言うの？」

「どういう意味？　北村は石黒のことかわいそうだと思わないの？」

そう告げる彼女の瞳は、獲物を仕留める猫のソレによく似ていた。無邪気で残酷。きっと、久住京香には自覚がないのだ。自分の行動がどれだけ他人を傷つけているかという、自覚が。

黙り込んだ私に興味をなくしたのか、京香は宇正のほうを見やった。その視線に気づいたのか、店員と話していた彼がこちらに大きく手を振った。

「ねえねえ、店員さんがオススメしてくれたんだけど！」

宇正と目が合った途端、京香の双眸が柔らかに細められたのを私は見た。先ほどまで毒を吐いていたあの唇が、くすぐったそうな笑みを浮かべる。彼女は私からあっさりと意識を外すと、呆れたような口調で宇正へと歩み寄った。

「え、マジで？　じゃあそれにする？」

「可愛い組み合わせでしょ？」

「うーん、まあまあかな。ま、清水ちゃんにだったらこれで充分でしょ」

水色の薄いシートに梱包されていたのは、黄色の花だった。清楚な印象を与えるその花の名を、私は知らない。緑色の瑞々しい茎が、店員のハサミによってバッサリと切り落とされる。水の張られたバケツに、切れ端が音もなく沈んでいった。それをぼんやりと眺めていると、宇正がこちらの顔をのぞき込んできた。

「ね、北村さんもいいと思う？」

「え、あ、うん」

とっさにうなずくと、彼は仰々しい動きで自身の両手を叩いた。

「よかった！　北村さんってこういうセンスあるなって思ってたから、感想を聞きたかったんだ」

「そんな理由で北村も連れてきたの？」

腕を組んだまま、京香が呆れたようにため息をついた。「そうだよ」と宇正が屈託なく頷《うなず》く。

「久住さんだけじゃ不安だからね」

「えー、ソレ失礼なんですけど」

「だって久住さんの趣味って、ちょっと派手だし」

「派手じゃないって、私かなりセンスあるし」

「そうかなぁ？」

宇正の言葉に、京香は不満そうに唇をとがらせた。黒い睫毛に縁取られた瞳が、静かに店員の持つ花束へと向けられる。

「ま、別にどうでもいいけど」

「清水先生、喜んでくれるかな」

そう告げる宇正の横顔は、どこまでも無邪気だった。まるで褒められたがっている子供のようだ。彼はいつもこうだ。よいことをしたい。誰かのために尽くしたい。その行動の根底にあるものは、他人からの賞賛を求める自分勝手な欲望だ。

「喜ぶでしょ。あの人ちょろいし」

そう言って、京香はスマホを取り出した。そのカメラのレンズが、店員の差し出す花束へと向けられる。パシャリ。店内に響く乾いた音に、私はわずかに身じろぎした。

「じゃ、これLINEグループに貼っておくから」

「ありがとう、久住さん」

「べつに、これぐらいなんてことないし」

宇正の感謝の言葉に、京香はふいと目を逸らした。素直じゃないな、と私は思った。

「あとね、これは佐々木さんに。お見舞いの品と言っちゃあなんだけど」

そう言って、宇正がビニール袋を差し出してくる。いつの間に買ったのだろう。袋のなかに入っていたものは、小ぶりな白い花の束だった。

「綺麗だね。なんて花？」

「カモミールだよ」

褒められたのがうれしかったのか、宇正がニコニコと笑っている。カモミール、ハーブの種類としてよく聞く名前だ。

「佐々木さん、喜んでくれるといいなあ！」

はしゃぐように発せられた声音には、邪《よこしま》な感情は見受けられない。一連の流れを見守っていた京香が、仰々しくため息をついた。どうやら彼女の恋は、前途多難なようだった。

暑い。肌に浮かぶ汗をシャツで拭うと、花の押し殺した笑い声が聞こえてきた。顔を上げると、相変わらずパソコン前に座っていた彼女は、こちらを指差してからかうような声を上げた。

「さっきからすっごい顔してるよ。ムスッとしたりヘラッとしたり」

「え、恥ずかし」

とっさに私は頬に手を当てる。そんなに変な顔をしていただろうか。自覚はなかったけれど。

花は白色のスマホを枕の上に放り投げると、椅子からだらんと足を伸ばした。机に載った青色のガラス瓶には、先ほど宇正が買ってくれたカモミールが活けられている。

「さっきまで久住さんと宇正くんと買い物してたんでしょ？　そのときになんかあったの？」

「なんにもなかったよ。あの後、普通に別れたし」

「その割にはなんか悩んでるみたいだけど？」

花の言葉に、私は大きくため息をついた。転がっているクッションを抱きしめると、ザザッとビーズの動く音がした。

「いやね、誘いを断らなかった自分にちょっと自己嫌悪してるの」

「誘いって？」

「宇正の誘い。一緒に花を買いに行こうって言われたときにね、私ホントはすっごく行きたくなかったの。久住さんと一緒とか嫌じゃん？　だけど、断らなかった。そういう自分が、なんか嫌でさ」

宇正が私に声をかけたとき、久住京香は何も言わずにただじっとこちらを見つめていた。その眉間にわずかに皺が寄ったのを、私は視界の端で確認した。彼女は、私が買い物に加わることを嫌がっている。そう認識した瞬間、私は首を縦に振っていたのだ。

「久住さんと一緒に過ごすなんて絶対嫌だって思った。なのに、一緒にいることであの子への嫌がらせになるなら、宇正の誘いに乗ってもいいと思ったの。そういう自分が、なんていうか、汚いなって思って」

そうまくし立てるように話し、私はクッションへと顔を沈めた。瞼をきつく閉じると、暗闇のなかで光の残滓がふらふらと漂っている。花の笑う気配がした。

「恵は考えすぎだよ」

「でもさ、」

「べつに、嫌いな子に嫌がらせしたくなるぐらい普通だよ。恵は優しいから、優しくないことをほかの人にしちゃう自分が許せなくなっちゃうんじゃないかな」

励ますような彼女の台詞に、私はのろのろと顔を上げた。

「べつに、優しくなんかないよ」

　その言葉はきっと、花みたいな人間を形容するために存在しているのだ。昔から、花は心優しい少女だった。すっかりうなだれた私の頭に、花がぽんぽんと柔らかく触れる。

「それにしても不思議だよね」

「何が？」

「久住さん。なんで宇正のこと好きなんだろう」

　京香が宇正を好きなことは、もはや公然の事実として定着しつつある。京香の好意に気付いていないのは宇正くらいだろう。

「別に不思議じゃなくない？　宇正、一応はイケメンじゃん」

「でも、それだけで好きになるかなぁ。あの久住さんが。それに、石黒君も。どうして久住さんを好きになったんだろう」

「そんなの、私が分かるわけないよ」

　そう私が語気を強めたところで、手のなかにあるスマホがぶるりと震えた。ＬＩＮＥの通知だ。花は黒いスマホを手に取り、目だけを私のほうへ向ける。

「誰から？」

　私はスマホのロックを解除すると、ＬＩＮＥのアイコンをタップした。緑色の画面が、音もなくトーク画面に切り替わる。会話の主は、京香だった。

〈石黒くんを待つ会（155）〉
キョーカ『花チョイスしてきたよ。画像貼っとくね』
キョーカが画像を送信しました。
りつ　『おお！　いいじゃん』

LINEのグループに、先ほど撮った写真が貼りつけられた。上からのぞき込むようなアングルからは、京香の写真へのこだわりが感じられた。

良久　『いいんじゃね？』
Haru　『清水ちゃん、喜んでくれたらいいな』
ゆっち　『そりゃ喜ぶでしょ、あの人なんでも喜ぶから笑』
良久　『感動のハードル低いよな』
あーたん『まあ、そこが清水ちゃんのいいとこだから』
キョーカ『明日の朝のSHで渡すね』
りつ　『おっけー』

良久　『京香が渡すのか？』
京香　『宇正と私が代表で渡すよ』
良久　『さすがジャスティス』
Haru　『宇正は相変わらずこういうのやりたがるんだね』
山下雄大　『正直ありがた迷惑なとき多い笑』

『国生愛美が石黒和也を招待しました』

会話を突然断ち切るように、突如としてその文章は現れた。ベッドで寝転んでいた私は、慌てて身を起こした。指が震える。唾を飲み込み、画面を凝視する。
心臓がドクドクと早鐘を打っていた。まさか、いやそんな馬鹿な。期待しそうになる心を押さえ込むように、私は息を止めて画面へと集中した。並んだ吹き出しの下に、その文字は堂々と浮かび上がった。

『石黒和也が参加しました』

第四章　正義

〈ゆーゆー〉

ゆーゆー『また写真撮っちゃった』

ゆーゆーが写真を送信しました。

茉希　『可愛いじゃん、優奈がコスプレしてるやつはなんのキャラなの？』

ゆーゆー『もう、前に一緒にアニメ見たじゃん！　あの主人公の親友だよ！』

茉希　『そうだっけ？　ごめんごめん』

茉希　『一緒に写ってる子は前に言ってた友達？』

ゆーゆー『そうだよ、塾の友達！』

ゆーゆー『一緒にイベント行ったんだ』

茉希　『楽しそうだね』

ゆーゆー『茉希ちゃんもコスプレ始める？』

茉希　『えー、私はいいって』
ゆーゆー『茉希ちゃんスタイルいいから、絶対に似合うと思うんだけどなあ』
茉希　『だって恥ずかしいもん』
ゆーゆー『最初はみんなそう言うけど、ハマったらやめられないんだって』
茉希　『ヤバい勧誘みたいなんですけど笑』
ゆーゆー『読み返したら自分でもそう思った笑』
ゆーゆー『でも、本当に楽しいんだよ！』
茉希　『それは優奈を見てるだけで強く感じる笑』
茉希　『まあでも、趣味が合う友達がいるって最高じゃない？』
茉希　『大事にしないとね』
ゆーゆー『うん！　それはもちろん』
ゆーゆー『喧嘩もしたことないし、これからもずっと仲良しだと思う！』
茉希　『ラブラブすぎて嫉妬しちゃう笑』
ゆーゆー『茉希ちゃんとだって、一生仲良しだと思ってるよ』
茉希　『そんなこと言われると照れる笑』

「清水先生、ご結婚おめでとうございます」

宇正の台詞のあとを追うように、生徒たちが拍手を送る。教壇に立つ清水先生はうっすらと頰を色づかせ、丁寧な手つきで花束を受け取った。目の前の宇正と京香を捉えるその瞳は、感動で潤んでいる。後方の席に座る生徒たちのしらけた視線に、どうやら彼女は気づいていないようだった。

「お花なんて用意してくれたのね。ありがとう」

まだ瑞々しさの残る手の甲が、柔らかにブーケを包む。薬指にある結婚指輪。シンプルなデザインの白いワンピース。遠目から見ても、清水先生の装いは清潔感があって可愛らしかった。柔らかに微笑むその横顔からは、彼女の優しい性格がうかがえる。他人にも自分にも甘い、懐柔しやすそうな性格が。

「そういえば清水ちゃん、赤ちゃんできたんでしょ？」

京香の問いに、清水先生は驚いたように目を見開いた。その手が、照れを隠すように宙で揺れる。

「それ、誰から聞いたの？」

「山中」

山中というのは噂好きの体育教師だった。生徒指導の職も兼ねているため服装の件で京香たちはよく彼に叱られているのだが、休み時間などには楽しそうに雑談する姿もしばしば目撃されていた。

清水先生がはにかむように口元を綻ばす。

「本当はまだ伝えないでおこうと思ったんだけどね。時機を見て産休に入る予定なの」

その言葉に、律が興味津々と言わんばかりに身を乗り出した。

「ねえねえ清水ちゃん、名前とかもう考えてるの？」

「名前なんて、気が早いわよ」

「生まれたら写真見せてね。絶対だから」

「まだ先の話だけどね」

そう笑い、清水先生は膨らみかけた自身の腹を優しくなでた。宇正が目を輝かせる。

「じゃあホントにおめでたいですね！」

「ええ。宇正くんもありがとう。お祝いしてくれて」

前方で繰り広げられるくだらない会話を、後方の生徒たちは飽き飽きした表情で聞き流している。私はスマホを取り出すと、机で隠すようにしてＬＩＮＥを立ち上げた。トーク履歴をたどっていると、すぐさま昨日の会話が現れる。頬杖をついたまま、私は親指で画面をスクロールした。流れていった会話に目を通しながら、私は漠然と昨日のことを思い出す。

『石黒和也が参加しました』

その文章を見た瞬間、私と花は互いに顔を見合わせた。花の表情は真剣で、茶色を帯びた瞳には青白い画面の光がくっきりと映り込んでいた。花はパソコン前に座ったまま、私のスマホ画面を見た。

「これ、どういうこと？」

そう尋ねる花の声は、動揺のせいか震えていた。わかんない。そう応じた私の声も、おそらく同じようなものだったと思う。会話をしていた面々も同様の気持ちだったらしく、真っ青なグループ画面には混乱した様子の緑色の吹き出しがいくつも並んだ。

りつ　『えっ、まじ？』
キョーカ『びっくりした』
山下雄大『え、石黒？』
Haru　『しゃべったことないけど国生さんグッジョブ！』
りつ　『私も知らないけど、愛美ちゃんナイス！』

石黒くんをこのグループに招待した国生愛美という人物に、私も心当たりはなかった。画面から視線を剝がし、私は花のほうに顔を向ける。

「花、国生愛美って子、知ってる？」

「確か、この前転校した子じゃない？」

「知らなかった」

「学年グループだし、恵が知らない子がいてもおかしくないよ」

「久住さんたちも知らないってことは、おとなしめのグループの子？」

「まあ、目立つほうじゃなかったかも。とりあえず石黒くんを見つけてきたのは相当のお手柄だね」

この国生愛美という人物は、どういう経緯で石黒くんと再会したのだろう。もしかすると石黒くんは前からこのグループのことを知っていて、いまになってようやく姿を現す気になっただけかもしれない。あるいは、もっとほかの理由があるのだろうか。いくつもの想像が目まぐるしく脳内を駆け抜けていく。黙り込んだ私の隣で、花が短く声を上げた。

「あ、石黒くんが書き込んだ」

その言葉に、私は慌てて画面へと意識を切り替えた。隣では花が真面目な顔でスマホを操作していた。

石黒和也『えっと、今日国生さんとたまたま会って、招待されたんだけど』
りつ『本物の石黒？』
石黒和也『うん、そうだよ。ごめんね、わざわざこんなグループ名までつけてもらっちゃって。みんながこんなふうに俺のこと気にしてると思わなかったから』
Haru『ぶっちゃけ俺、石黒って自殺未遂したんだと思ってた！』
Haru『だから連絡こないんじゃないかって』
ゆっち『ゴリラ、いますぐ謝罪しろ』
キョーカ『晴海サイテー』
良久『そういうの本人に言うなよ』
Haru『あ、ごめん！　ってか、あの、』
Haru『それぐらい驚いたってこと！　石黒から連絡が来て！』
石黒和也『いいよ、これだけ期間があいてたらみんながそう思っても仕方ないしね。結構長いあいだ意識不明だったんだけど、先月目を覚ましたんだ。それから家族で引っ越しして、いまは別の学校に通ってるんだ。心配してくれてたんなら、連絡すればよかった』
あーたん『いまはどこに住んでんの？』
山下雄大『というか、大丈夫なのか？　身体は？』
石黒和也『いまはもうすっかり平気だよ。最初はリハビリとかもあったんだけどね。若いからすぐ元気になった笑』
Haru『とにかく石黒が元気になってよかった！　今度また学校に来てよ』
キョーカ『そうそう！　私らも会いたいと思ってるし』
良久『遠いとこ住んでるなら厳しいかもしれんけど、言ってくれたら』
良久『俺らお前のために集まるから』
石黒和也『ありがとう。そう言ってもらえるとうれしいよ』
りつ『このグループ作っててよかったね！』
りつ『私たちが心配してること、ちゃんと本人に伝えられたんだもん』
ゆっち『アタシちょっと感動しちゃったよ』
石黒和也『ごめん、今日はもう疲れたから寝るよ。みんなに挨拶できてよかった。あ、そういえば俺と連絡ついたってことは先生たちには言わないでほしい。ここだけの話、親と学校はまだ揉めてるからさ。俺の親、前の学校の人間と関わってほしくないって思ってるみたいなんだ。だから絶対に秘密にしてほしい』
Haru　『そうなんだ。わかった』
山下雄大『黙っておくよ』
石黒和也『ありがとう。それじゃあ』
石黒和也がスタンプを送信しました。

さよならを意味するスタンプが画面上に並んでいる、その横に並ぶ18：32の数字。回想を中断し、私は静かにスマホを切った。教卓付近ではいまだに清水先生と京香たちが盛り上がっている。いったい何をそんなに話すことがあるのだろう。思わずため息を漏らしたそのとき、ホームルームの終わりを告げるチャイムの音が響き渡った。

「お花、本当にありがとうね。大事に飾るわ」

清水先生はそう言って、教室を出ていった。次の授業に備えて、生徒たちが動き出す。生物の教科書を机に並べ、私は前に立つ宇正と京香を見やった。和やかに話す、美男美女。見た目だけで言えば、二人はとてもお似合いだった。

「石黒くん、びっくりしたね」

昼休みになり、茉希と優奈がいつものように私の周りで昼食を広げた。机に弁当箱を並べて談笑していると、ふいに茉希が思い出したかのようにそう言った。私はミニトマトを奥の歯で嚙み潰しながら、無言で首を縦に振った。手鏡を見ながら前髪をいじっていた優奈が、興奮した様子で顔を上げる。

「ね！　びっくりした。正直、私もあのまま目を覚まさないかと思ってたから」

「まあ、ぶっちゃけみんな思ってたよ。だってずっと重体だったし」

茉希の言葉に、優奈は真剣な表情で身を乗り出した。

「いま石黒くんってどこの学校に行ってるんだろうね」

「さあ……まあ、転校してよかったとは思うよ。あれだけの騒ぎを起こしたあとに学校に来るのって、なかなか勇気いりそうだし」

「でも、これで花ちゃんも元気出してくれるかもね。石黒くんが死んでないってわかったわけだし、自分を責める必要なんてもうないでしょ？　ね、恵ちゃんもそう思うよね」

話題の矛先がこちらに向き、私は曖昧な笑みを浮かべた。箸の先で梅干を持ち上げ、弁当箱の蓋の裏へと移す。

「そうだといいんだけど、ね」

花は石黒くんの件に関して責任を感じて、学校に来なくなった。本人はそう言っているし、私だってそれは本当だと思っている。だけど、原因がなくなったからといって再び学校に来られるかというと、それは別の問題だろう。

花の部屋はひどく居心地がいい。まどろみを誘う陽だまりを凝縮させたような、そんな生ぬるい怠惰さが蔓延している。花をあの部屋に閉じ込めているのは、空間に漂うあの独特な空気なのかもしれない。たぶん、花はもう傷つきたくないのだ。真綿で包まれるようなあの狭い世界にいたほうが、彼女にとっては幸せなのかもしれない。

「それにしても、愛美ちゃんってどこで石黒くんと会ったんだろうね」

首を傾げた優奈の言葉に、私は思わず問いかけた。

「え、優奈って国生さんのこと知ってるの？」

「知ってるよ。手芸部だった二組の子でしょ？　確か親の都合で転校したんだよね。すっごく人見知りだったイメージあるなあ」

「人見知り度合いだと、花といい勝負だよね。仲良い相手には普通だけど」

隣で茉希があっけらかんと言い放つ。どうやら彼女も国生愛美のことを知っているらしい。

「でもあの子、宇正と同じでスマホ反対派だったって聞いたことあるけどなぁ。転校して気が変わったのかな」

「そんなことより、私は早く花ちゃんに会いたいなぁ」

チョコレートでコーティングされたクロワッサンを手に、優奈が眉尻を下げる。その膝にはパンくずがいくつか散らばっている。

「でも、やっぱり久しぶりの学校だと来にくいんだろうね。皆が受け入れてくれるムードなら大丈夫だろうけど」

優奈の言葉に、茉希が眉間に皺を寄せた。安物のリップを塗りたくった唇が、苛立たしげに結ばれる。

「うちのクラスには久住さんがいるから無理でしょ。あの子がいなきゃ可能性もあっただろうけど」

「でも、久住さんたちっていまは石黒くんに対して優しいし。花ちゃんに対しても優しくなるかも」

「あれは単純に石黒くんが死にかけたからでしょ。不登校と死にかけたのじゃインパクトが違うじゃん？　久住さんたちが花に親切にするメリットがない」

きっぱりと言いきる茉希に、私は首を傾げた。冷凍食品のナポリタンを箸の先端に巻きつけ、私は視線だけを彼女へ向ける。

「石黒くんに親切にすることって、メリットあるの？」

「そりゃあるでしょ、普通に」

普通に。そう言われても、私にはいまひとつピンと来ない。茉希が意味深な一瞥を久住京香の席へと向ける。彼女は今日、食堂で昼食をとっているため教室にいなかった。

「石黒くんの一件で、久住さんたちはほかの生徒からのヘイトを集めすぎた。気にしてないですって顔してたけど、やっぱり心のどこかでは気になってたと思うんだよね。だからLINEのグループを作った。私たちは、本当は石黒くんのこと心配してました、あれはただの冗談だったんですよっていうアピールになる」

「それがメリット？」

「そう。『あのときの私たちには落ち度がありません。石黒くんだって私たちと話せてうれしそうにしてるでしょ？　だから部外者が文句つけないで』ってほかの子にアピールできるじゃん」

「まあ、確かに」

なんだか口のなかが苦い気がする。ぶちぶちとパスタを奥歯で嚙み切りながら、私は首を縦に振った。神妙な面持ちで話を聞いていた優奈が、自分の指についたチョコレートを舐め取った。

「ちょっと優奈、行儀悪いよ」

呆れた顔をして、茉希が優奈へとウェットティッシュを投げつける。

「ごめんごめん」
優奈は顔を赤くして、慌てた様子で指を拭っている。甘ったるいチョコレートが真っ白なシートにこすりつけられるのを眺めながら、私は静かにため息をついた。

〈石黒くんを待つ会（ー53）〉
キョーカ『待っててくれる友達がいるのっていいよね』
ゆっち　『何いきなり笑』
りつ　　『どうしたの？　センチメンタル？』
キョーカ『そうじゃないけど、今日の石黒の件でちょっと思ったの』
キョーカ『私、やっぱり友達がいちばん大事だなって』
あーたん『私らもキョーカのことすっごく大事に思ってるよ！』
りつ　　『何このこっぱずかしい会話』
ゆっち　『まあでも、本当に友達っていいよね』
ゆっちがスタンプを送信しました。
キョーカ『私、みんなのことマジで大事に思ってるから』

その日は花の家に行く気も起こらず、私は一人で図書室の端のほうの席に陣取っていた。放課後の図書室はほとんど人もおらず、カウンターに座る図書委員も退屈そうに漫画を読みふけっている。司書の先生の死角になるように、私はこっそりと鞄からスマホを取り出した。

LINEの画面を開くと、案の定、いくつかのグループ名の隣に小さく数字が浮き出ている。未読メッセージの数だ。クラスや学年のグループは所属している人間も多いため、どうでもいい会話が繰り広げられていることが多い。

自分が関係していない会話って、どうしてこんなに苛々してしまうんだろう。彼女たちは普段どおりにグループ内でべらべらと話しているだけだ。なのに、それを文字として見ると、途端に目障りな気分になる。内輪の会話は個人グループでやればいい。大勢の人間の目に触れるこの場所で、くだらないプライベートをさらしていったい何になるというのか。久住京香たちに文句を言うのが怖いから黙っているだけで、そう思っている人間はきっと私のほかにも大勢いるはずだ。

私は無言のままスマホを操作し、『石黒くんを待つ会』のトーク履歴を一瞥した。今日は石黒くんからの書き込みはない。メンバー一覧を開き、私はゆっくりと画面をスクロールした。石黒和也。そう書かれた名前の隣には、ゴールデンレトリバーの写真が貼りつけられている。石黒くんのアイコンだ。私はしばらくのあいだそれを凝視し、たどたどしい動きでその名前に触れた。友達に追加。プラスボタンを押すと、簡単に石黒くんの名前が友達欄に追加された。いきなり連絡したら気味が悪いだろうか。しかし、ここで連絡しなければもう二度とチャンスはないだろう。逸《はや》る鼓動を抑えるように、私は大きく呼吸した。シャツ越しに自身の肺が膨らむのを感じながら、私は文字を打ち込んだ。

〈石黒和也〉
北村恵　『いきなり連絡しちゃってごめんね。私のこと、覚えてる?』
北村恵　『小学校が同じだった北村恵だよ』
北村恵　『また本の話とかできたらうれしいなと思って。迷惑だったらごめんね』

緑色の吹き出しが三つ連なる。そのかたわらには白抜き数字でいまの時刻が刻まれていた。既読という文字はつかない。忙しいのだろうか。それとも、わずらわしいから無視しているのだろうか。

やっぱり連絡なんてしなければよかった。自分の行動が恥ずかしくなり、私は逃げるようにスマホを切った。石黒くんからしたら迷惑だろう、いきなりこんな女が連絡してきたら。数秒前の自分を殴り倒して止めてやりたい。あー、恥ずかしい!　このままスルーされたらどうしよう。音を立てないように気をつけながら足をバタバタと揺らしていると、ふいに頭上から馴染みのある声がした。

「あれ、今日は佐々木さんのとこに行かないの？」

顔を上げると、ニコニコと愉快そうな笑みを浮かべるクラスメイトの姿があった。宇正だ。

「うん、まあ」

「へえ、毎日行ってるってわけじゃないんだね」

彼はそう言うと、こちらの了承も得ずに私の正面の席に座った。その手には小難しい文字の書かれた単行本が抱えられている。

「北村さんさ、この前はありがとうね」

「この前？」

「花を買いに行ったときだよ。清水先生が喜んでくれてほっとした」

宇正の口端が持ち上がり、薄い唇から真っ白な歯がのぞいた。彼のストレートな礼の言葉に、私はとっさに目を伏せた。

「べつに、ついでに寄っただけだし」

「いやいや、それでも助かったよ。久住さんも女の子が一緒のほうが楽しかっただろうし、北村さんには感謝してるよ」

「はあ？」

思わず、私は宇正の顔を凝視した。この男、本気でこんなことを言っているのだろうか。こちらの怪訝そうな表情を見ても何も感じないのか、宇正はニコニコと穏やかな笑みを浮かべたままだ。そういえば、彼は壊滅的に他人の心の機微に疎いのだった。

私は呆れを隠そうともせず、大きくため息をついた。

「久住さんが楽しかったってのはないと思うけど」

「そんなことないって。出かけるのとかってさ、やっぱ女子同士のほうが楽しいでしょ？」

「いやまあ、仲のいい友達だったらそうだけどさあ」

私の言葉に、宇正は不思議そうに首をひねった。

「北村さん、久住さんのこと嫌いなの？」

「嫌いっていうか、その、」

直接的な表現をするのがなんだかはばかられて、私はそこで言葉を切った。私の久住京香に対する感情は、『嫌い』というたった二文字で表現されてしまうものなのだろうか。彼女を見るたびに込み上げるあのモヤモヤとした嫌悪感は、いったいなんと呼べばいいのだろう。

乾燥した唇を湿らせるように、私はリップクリームを口端へと押しつけた。独特のツンとした匂いが鼻孔を刺激し、私の胸に湧いた不快な感情を貫く。クリームを唇に馴染ませ、私は口を開いた。

「石黒くんって、久住さんのどこが好きだったんだろう」

その名前が出た瞬間、レンズの奥で宇正の黒目が大きくなった。

「それは、ボクも分からないよ。教えてくれなかったから、ボクには」

「宇正と久住さんって、いつ仲良くなったの？」

「中学の修学旅行の頃だったかな、確か。同じ行動班になったんだ」

「へぇ、同じ中学だったんだ」

「和也もね。ま、和也は昔から気が強い子が好きだから」

宇正は卓上に置いた本を指でなでながら、苦笑じみた笑いをその口から吐き出した。達観したような大人びた笑みは、なぜだか私の神経を逆なでした。

「久住さんを気が強いで片付けるのは良くないと思うけど」

「そうかな」

「宇正は思わないの？　そもそも、石黒くんがいなくなったのも久住さんのせいって噂もあるのに」

「でも、その噂が正しいかどうか、本人に聞いたわけじゃないだろう？」

静寂に満ちた図書室に、彼の落ち着いた声が響く。ほかの生徒にこのやり取りは聞こえているのだろうか。そう考えると感情的になった自分が途端に恥ずかしくなり、私は自身の口元を手で覆った。生ぬるい息が、手のひらにぶつかる。

「誰かの気持ちを想像して、勝手に代弁して。それって本当に正しいことなのかな。ボクはそうは思わないよ」

正しい。正しくない。宇正の話はいつだってここに帰着する。彼にとっての正しさなんて、私にはまったくもってくだらないものでしかないのに。

「……私には無理だよ。久住さんを好きになるとか、そういうのは、無理」

椅子に置いていたバッグに本を詰め、私は立ち上がった。なぜだか責められているような気分だった。

「別に好きにならなくてもいいとは思うけど、僕としてはクラスみんなが仲良くなればいいなと思うよ」

「そんなの無理だよ、子供じゃないんだから」

「子供だったらそれが可能だって、北村さんは思うの？」

どうだろうか。幼稚園、小学校、中学校、そして高校。今まで過ごしてきた環境の中で、仲良しだけの空間なんて本当に存在していただろうか。どうして狭い世界にいると、自分の居場所を奪い合うことになるのだろう。

——尊重されたいの。

先日の花の台詞を思い出し、私は唇を噛みしめた。誰かの居場所がなくなるのは、他の誰かが取ってしまったからだ。欲張りな奴が、与えられたものに満足しないから。

「小学一年生の頃さ、私、男子に殴られたことがあったの。本気じゃない、おふざけだって向こうは言ってた。それでも嫌だった」

宇正は黙って私の話を聞いている。

「許せなくなった私は先生に言いつけた。先生は私とその子を放課後に二人きりで呼び出して、男子に言ったの。『ちゃんと北村さんに謝って』って。ガキ大将みたいな子だったよ。その子はふてくされてたけど、私に謝った。そしたら今度、先生は私に向かって言ったの。『謝ったんだから、今度は北村さんの番ね。いいよって許してあげましょう』って」

なんで私が許すかどうかをお前が決めるんだ。そう、強く思ったことを覚えている。なのに空気を読んで、私は許すと言ってしまった。提示された選択肢は二つに見えて、一つしかなかった。私たち弱者はいつもそう。選ばしてやると言われながら、いつだって選べるものは決まっている。

「宇正は、その先生が正しいと思う？」

「正しいとは思わない。でも、ボクならちゃんと嫌だって言ったよ。許したくありませんって、先生に。じゃないと、先生にも伝わらない。気持ちは、ちゃんと口にしないと」

「……宇正も、久住さんと同じこと言うんだね」

吐き捨てた台詞に、宇正は何も言わなかった。私は鞄の取っ手を握りしめると、足早に外へと向かった。「怒らせてゴメン」と背後で宇正が言った。謝るなよ、と私は思った。こちらが許さなければならなくなるから。

わざと足音を立てて廊下を歩く。歩く、歩く！　必死に足を動かしているというのに、脳内では先ほどの宇正とのやりとりが何度もリフレインしている。きっと宇正には分からないのだ。久住京香もそうだ。ああいう、強い人間には。

昔から、私は他人に排除されることを恐れていた。だから、他人が虐げられているところを見るのが嫌で仕方なかった。次は私の番なんじゃないかって、そう思ってしまうから。

石黒くんは、私と似ていた。

彼が久住京香にさらし者にされたとき、私にはそれが他人事《ひとごと》には思えなかった。私の久住京香に対する怒りの原動力は、結局のところ、自分の居場所を脅かされてしまうことへの恐怖だ。

久住京香は花や石黒くんを傷つけた。あの子が許されるなんてことは、絶対にあってはならない。

それが、私にとっての正しさだ。

『久しぶりだね』

そう石黒くんから返信があったのは、その日の夜のことだった。ベッドで寝転がりながらスマホをいじっていたら、急にその吹き出しは現れたのだ。丈の余ったジャージの袖をまくり、私はぐいと身を起こした。いまだ生乾きだった髪から落ちた雫《しずく》が、画面の上へと滴り落ちた。

「うわっ、ヤバ」

返事があったことがうれしくて、私は自身の口元が緩むのを抑えることができなかった。なんだか足の裏がムズムズする。心臓がこそばゆくなって、私はクッションへと顔をうずめた。頭にタオルを載せたまま、顔に集まる熱を抑えようと大きく呼吸をする。

『こうやって個人で連絡くれるなんてうれしいよ。俺も前みたいに話せたらなって思ってたんだ』

石黒くんの言葉に、私は柄にもなく舞い上がってしまった。『既読』という二文字についつい興奮してしまう。放課後の宇正との会話のせいで下がっていたテンションも、ここに来て急上昇した。クッションを抱きかかえたまま、私は吟味を重ねながら言葉を打ち込んでいく。

〈石黒和也〉

北村恵　『本当に久しぶりだね！　グループLINE見てびっくりしちゃった』

石黒和也『なんか、みんなに迷惑かけちゃったね』

北村恵　『全然迷惑なんかじゃないよ』

石黒和也『ならいいんだけど。俺のせいでスキー合宿中止になっちゃったのは後輩たちにすっごく申し訳ないよ』

北村恵　『そんなの全然気にしなくていいって。合宿先が近所になって喜んでる子も多いし』

石黒和也『本当に？』

北村恵　『ほんとだよ。私も近所のほうがいいもん』

石黒和也『じつを言うと俺も笑』

あの合宿の日以来の会話だというのに、やり取りはあまりにスムーズに進んだ。石黒くんの打ち込んだ文字たちが、白色の吹き出しの上に可愛らしく並んでいる。送り込めばすぐに

『既読』がつくのがうれしくて、私はシャワーを浴びたばかりだというのに、髪を乾かすこともせず熱心にスマホへと指を滑らせた。

北村恵　『石黒くん、いまは普通に学校に通ってるの?』
石黒和也『うん、そうだよ。毎日楽しい』
北村恵　『そうなんだ』
石黒和也『北村さんのほうはどう? 学校楽しい?』

楽しいよ。そう書き込もうとして、しかし私の指はぴたりと止まった。頰に張りついた髪を指で払い、私はベッドに座ったまま足を伸ばす。

茉希がいて、優奈がいて。一緒にご飯を食べて、くだらない雑談をして。二人が帰路につく後ろ姿を、私はバイバイとはしゃいだ声を出しつつ見送る。毎日がそれの繰り返し。確かに、茉希も優奈も私の大切な友達だ。彼女たちと一緒にいれば私はクラスで独りになることはない。——だけど、彼女たちにとって私はおまけだ。

一年生のときは花がいた。あの子がいれば私たちのグループは四人だったから、どこかに遊びに行くときも二人ずつに分かれて行動することが可能だった。しかし、いまは違う。三人組のグループだと、余ってしまうのは確実に私だ。茉希にとっても優奈にとっても、いちばんの友達は私ではない。「二人組を作ってね」以前ならば抵抗を感じなかった教師の台詞に、いまの私は激しく恐怖を感じている。

北村恵『うーん、前よりは楽しくないかな』
石黒和也『なんで？』
北村恵『花がいないから』
石黒和也『どういうこと？　佐々木さん、転校しちゃったの？』

石黒くんは知らない。あの合宿のあとに花が不登校になったことを、彼はまったく知らないのだ。

北村恵　『そうじゃないよ。ただ、ちょっといろいろあってね』

彼からのメッセージはそこで途切れた。既読という文字はついているのに、返信がいっこうに来ない。やはり正直に答えたほうがよかったかも。スマホの画面から目を離さないまま、私はドライヤーの電源を入れる。噴き出される熱風が私の髪を直撃する。その熱さに辟易しながらも、早く乾燥させようと私は粗雑な動きで自身の髪をかき混ぜた。指に絡まり、黒髪が何本も抜けていく。それをゴミ箱へと突っ込んでいると、ふいにスマホがＬＩＮＥの通知を告げた。

石黒和也『そっか。まあでも、北村さんがいれば佐々木さんも心強いと思うよ』

先ほど私がメッセージを送ってから、二十分はたっている。彼なりにこちらに気を遣ってくれたのだろう。私はドライヤーをもとの場所に戻すと、再びスマホへと向き直った。

北村恵　『そうだといいなって思う。励ましてくれてありがと』
石黒和也『いや、そんなお礼言われることじゃないけどさ』
北村恵　『でも、うれしかったから』
石黒和也『それならよかった。あ、悪いけど俺そろそろ寝るね。北村さんから連絡きてうれしかったよ。また気軽にLINE送って』
北村恵　『わかった。それじゃあ、おやすみ』

石黒和也『うん、おやすみー』

おやすみと書かれた無料配布のスタンプを送り、私はアプリを閉じた。時刻はすでに夜の十一時を過ぎている。込み上げてくる眠気に欠伸を繰り返しながら、私は布団へと身体を沈めた。気持ちばかりがふわふわしていて、体から魂が抜け出してしまいそうだ。石黒くんと会話した。その事実が、私の感情をたかぶらせた。顔を上げ、再びアプリを立ち上げる。にやつく口元を隠すこともせず、私は何度も先ほどのＬＩＮＥ上でのやり取りを読み返した。もう半年近く会っていないというのに、彼からのメッセージは自然と音声つきで再現された。あの優しげな声音を、私はいまでも鮮明に覚えている。

やっぱりまだ、私は石黒くんのことが好きなんだ。

そう確信した途端になんだか恥ずかしさが込み上げてきて、私は布団へと顔を沈めた。足をバタバタさせていると、「近所迷惑よ」と扉越しに母親の呆れている声が聞こえた。

〈花〉

北村恵　『ちょっと聞いて！』

花　『いきなりどうしたの？』

北村恵　『石黒くんから個人LINEで返信きた！』
花　『おお！　おめでとう！』
花　『石黒くん、なんて言ってた？』
北村恵　『いや、べつに普通のこと笑』
花　『普通って何？　気になる笑』
北村恵　『普通は普通だよ！』
花　『自分から報告してきたくせに照れてる笑』
花　『まあでも、石黒くんがこうして戻ってきてくれてほっとしてる』
花　『ほんとうに』
北村恵　『あのさ、花はまだ学校には来れない？』
北村恵　『あ、無理にとかいう意味じゃないけど、石黒くんも戻ってきたし』
花　『ごめん』
北村恵　『謝ることじゃないって。私、ずっと待ってるから』
花　『うん、ありがとう。恵がいてくれて、本当によかった』

「あー、もう最悪！」

鞄をつかみ、ローファーの踵《かかと》を踏みつけそうになりながらも、私は駅へとつながる坂道を一気に駆け上がった。腕時計を見ると、電車の発車時刻まで残り二分しかない。ＩＣカードを自動改札機へ叩きつけ、急ぐサラリーマンのあとに続いてホームへと滑り込む。足を踏み入れた途端、特急電車の到着を告げるアナウンスがホームへと流れた。どうやら間に合ったらしい。額ににじむ汗をシャツの袖口で拭い、私は切らした息を整えるように深呼吸をした。

石黒くんとの会話に興奮したせいか、昨晩はなかなか寝つけなかった。仕方がないのでＬＩＮＥで花とくだらない話をしていると、気づいたら眠ってしまっていた。窓からさんさんと差し込む、まばゆいばかりの太陽光。ハッとして目覚まし時計を見れば、アラームが何者かによって止められた痕跡が残されていた。犯人は誰だ！　多分、寝ぼけていた自分だ。

それからの私の行動は速かった。素早く身支度を済ませ、鞄を肩にかけて颯爽と家を飛び出す。朝食を抜いたのがよかったのだろう、なんとか電車に乗り込めたことに安堵し、私は優先席のいちばん端へ腰かけた。いつものようにスマホを取り出そうと鞄の内ポケットに指を滑らせ、そこで私は自分自身の失態に気づいた。

「……やらかした」

漏らしたつぶやきに、隣の中学生がこちらを見る。それを無視し、私は思わず鞄へ突っ伏した。スマホを忘れたのだ。そういえば、充電器からスマホを抜いた記憶がなかった。もしかしたらまた石黒くんから連絡があるかもしれないのに！　スマホを身につけていないというだけで、どっと全身に不安が押し寄せてくる。しかし、いまから家に取りに帰る時間はない。

仕方ない、諦めよう。苦渋の決断をくだし、私は窓の外へと視線を送った。梅雨に入ったせいだろうか。夏の気配は鳴りを潜め、灰色の雲が昨日までの青空を完全に覆い隠してしまっている。湿り気を含んだ空気はどこか重く、私の心をより沈んだものにした。

昇降口で上履きに履き替え、私は教室へ向かった。朝の廊下は騒々しくて嫌いだ。雑談に花を咲かせる生徒たちを横目に、階段を一段飛ばしで上る。緑色の廊下に、上履きの底がこすれる音が響く。耳障りなその音に、私は思わず小さく舌打ちした。

二年四組の教室前は、なぜだか騒然としていた。ざわつく生徒たちを不審に思いながら、私は扉に手をかける。取っ手を引こうとしたそのとき、スライド式の扉が音もなく動いた。

「優奈！」

つんざくような茉希の叫び声。肩に走った衝撃に、私は思わずよろめいた。しかしぶつかった当の本人はこちらを振り返りもせず、逃げるように廊下を駆けていってしまった。

廊下にたむろしていた生徒たちが駆けていく少女へ、好奇心剝き出しの視線を送る。今の後ろ姿は間違いない、優奈だ。呆然としている私の背を、茉希が叩いた。先に教室に着いていたはずなのに、彼女の肩には何故かスクールバッグが掛かったままだった。

「LINE見た？」

「いや、今日スマホ忘れちゃって」

「なるほどね」

そう言って、茉希は考え込むように腕を組んだ。何が起こっているかわからない。扉の向こう側からは、囃し立てるような声が聞こえていた。

「ほらー、あの子泣いちゃったじゃん」

「お前がエロいとか言うからだろうが」

「褒め言葉だって」

「だいたい、逃げることないじゃん。本当のことなんだからさ」

「マジそれー。泣かれたらこっちが悪役みたいじゃん」

「そうそう。すぐ泣く女ってマジ面倒くさいよね」

クスクスクス。耳に絡みつくような笑い声が、京香たちの唇から発せられる。田代が京香の肩を小突き、それを見て律が再び笑い声を上げた。どうして他人の笑い声がこんなに不快に感じるんだろう。誰かをさげすむような陰湿な声は、聞いているだけで気が滅入る。

「恵、ここじゃできない話があるんだけど」

茉希はそう言って、チラリと京香たちへ視線を向けた。会話に夢中なのか、京香たちがこちらの行動に気づいた様子はない。いや、そもそも彼女たちにとって私たちなど気にするに値しない存在なのだ。いてもいなくても同じ。だからこそこちらを気にかけない。

「いいけど、もうすぐホームルーム始まるよ？」

「いいから」

強引に肩を押され、私は誘導されるがままに歩いた。人けのない渡り廊下にたどりつき、ようやくそこで茉希は足を止める。

「とりあえず見た方が早いから」

そう言って、茉希は自分のスマホ画面をこちらへ向けてきた。いつもの学年ＬＩＮＥグループだ。そういえば、今朝は寝坊したせいでＬＩＮＥのチェックをしていなかった。

「ここの会話からなんだけどさ」

そう言って、彼女は私にスマホを手渡してきた。他人のスマホをいじるのは、なんだか少し緊張する。汚さないように配慮しながら、私は画面をスクロールした。


〈石黒くんを待つ会（—５—）〉

キョーカ『これ、田島さんじゃない?』

今朝の会話は、そんな京香の書き込みから始まっていた。その吹き出しの下には、複数の画像が貼りつけられている。目を通すと、それらがすべて優奈の写真であることがわかった。露出度の高い洋服は、何かのキャラクターのものだろうか。金色のウィッグをつけたその姿は、普段の優奈とは全然違っていた。貼りつけられた写真はどれもかなり際どい角度から撮られたもので、下着がのぞいているものもあった。ポーズをつけている優奈の表情は挑発的で、普段のおっとりした彼女からは想像もつかないものだった。

良久　『過激!　これはエロいですわ』
りつ　『何この写真、どこでみっけたの?』
キョーカ『なんか友達のツイッターから流れてきた』
あーたん『田島さんって普段地味なのに、こんなのしてんだね』
りつ　『撮られんのが好きなんでしょ笑』
キョーカ『この顔面レベルで?』
りつ　『勘違いブスじゃん』

ゆっち　『言い過ぎ笑』
Haru　『いいじゃんコスプレ！　俺は好きなことやるのいいと思うけど』
良久　『お前はエロい写真見たいだけだろ』
キョーカ『最低』
りつ　『最低』
Haru　『いやいや、そんなこと思ってないから！』

繰り広げられる会話に吐き気がした。これじゃあ、石黒くんのときと同じだ。

優奈に対する話題はそこで終わり、まるで何事もなかったかのようにテスト範囲の話へ移っていた。

「優奈、かわいそうだと思わない？　こんな目に遭わされて」

腹立たしそうに、茉希が親指の爪を噛む。

「久住たちはなんでこんなことしたの？　こんなことする必要ってある？　私にはわかんないよ」

「優奈、これのせいで教室から出ていったの？」

「そう。朝は普通に登校してきたんだけど、ＬＩＮＥ見たら顔色が変わって……優奈、コスプレが趣味なの学校のみんなに秘密にしてたのに」

「待って」

その口ぶりに何か引っかかるものを覚え、私は思わず制止する。「何？」と茉希は首を傾げた。

「茉希、優奈がコスプレしてるの知ってたの？」

「あれ、言ってなかったっけ」

やや焦ったように、彼女は目を泳がせた。茉希が知っていて、私が知らなかった。正直に言えば、ショックだった。だが、それを悟られることが恥ずかしくて、私はなんでもないフリをした。

「初めて知ったよ。言ってくれたらよかったのに」

「だって、優奈が知られるの恥ずかしいって言うからさ」

校舎のスピーカーからホームルームの開始を告げるチャイムの音がする。それでも、茉希はその場から動かなかった。彼女は意を決したように唾を飲み込むと、それから唐突に私の腕を取った。手首を突然握り込まれ、柄にもなく動揺する。

「恵は、今回の久住さんたちのこと、どう思う？」

「どうって？」

「許せる？　私は許せない」

彼女の指が、私の皮膚に食い込んでいる。骨をつかまれているような感覚に、私は眉間に皺を寄せた。痛いよ。本当はそう言いたかったのに、ここでそれを告げたら彼女を突き放すことになるような気がして、結局何も言えなかった。

「だからね、清水先生に言いに行こうと思うの」

「清水先生に？」

「うん。先生に久住さんたちを叱ってもらおう。だってさ、こんなのいじめじゃん。このまま久住さんたちが何も言われないなんておかしいよ」

相変わらず子供っぽいな、と私は思った。先生に叱ってもらうというその発想そのものが。だが、茉希にとってこれが最善の行動なのだろう。だとすると、私には止められない。涙を浮かべる彼女の顔が、数カ月前の花と重なる。

「先生なんて信用できないと思うけど……それで茉希が満足するなら」

その返事に安堵したのか、茉希が唇を弧にゆがめた。

「そろそろ朝のホームルームが終わる。清水先生は水曜日の一時間目は職員室にいるから、いまから行こうよ」

「授業は？」

「サボろう。今日は特別だから」

普段の茉希なら考えられない提案だ。友達を傷つけられたことに対する義憤が、彼女を駆り立てているのだろう。廊下を突き進むクラスメイトを見て、私の胸にチクリと鈍い痛みが走る。茉希は優奈のために、自分にできることを一生懸命やろうとしている。じゃあ、自分は？　私は花が傷ついたときに、何か力になってやることができたのだろうか。

灰色のコンクリートを雨粒が打つ。水特有の臭いが空気に紛れて漂っている。雨足は次第に激しさを増し、壁のない廊下を真っ黒に染め上げた。立ち止まる私に、茉希が怪訝そうな表情で声をかける。

「濡れちゃうよ、早く行こう」

「うん、そうだね」

雨はますます強くなっている。これほどの水量だ。傘を持ったところで濡れてしまうのを防ぐことはできないだろう。何もしないで、安全な場所でじっとしている。それがこの雨に巻き込まれない唯一の方法に違いない。鞄の底に突っ込まれた折り畳み傘の存在を思い出しながら、私は静かに息を吐き出した。帰るまでに雨がやめばいいのだけれど。そんなことを、考えながら。

「あら、二人とも学校に来てたの？　というか、いまは授業中だけど、どうしたの？」

職員室に顔を出すと、清水先生は少し驚いた様子で私たちのところまでやってきた。授業中だからだろうか、室内で作業している教師たちがいぶかしげな視線をこちらに寄越す。それをかいくぐるように茉希の背は丸まった。カッターシャツ越しになだらかにゆがんだ彼女の背のラインが見える。その姿とは対照的に、清水先生の背筋は普段と同じようにまっすぐに伸びていた。ひとつにまとめられた豊かな黒髪が、その肩から流れている。

「あの、えっと」

先ほどまでの饒舌さが嘘のように、茉希は一度うつむくとそのまま黙り込んでしまった。その指先がぎゅっと自身の腕をつかんでいる。清水先生が困惑したようにこちらを見る。仕方なく、私は口を開いた。

「先生に相談があって来たんですが、ここじゃちょっと話しにくくて」

「それは授業中に話さなくちゃいけないこと？　休み時間じゃいけないかしら」

「だ、だめです」

茉希はそう言って首を横に振った。蚊の鳴くようなその声は、冷房の音にいまにもかき消されてしまいそうだった。前から、茉希は大人という存在に弱かった。年功序列が正しいことだと考えている茉希にとって、自分よりも年上の人間と話したり、意思を伝えたりという行為は相当な勇気が必要なものらしい。

茉希は頬を赤らめたまま、振り絞るように言葉を紡いだ。

「だって先生、休み時間はほかの子たちと話すじゃないですか。この話は、あの、ほかの子には聞かれたくないんです」

その必死さに何かを察したのか、清水先生はわずかに目を細めた。抱えていたクリアファイルを棚へと戻し、彼女は優しく微笑んだ。そして、その唇があの日と同じ台詞を吐く。

「それじゃあ相談室で話しましょうか」

清水先生に促され、私たちは相談室に足を踏み入れた。硬いソファの感触も、埃っぽい空気も、憎らしいくらいにあの時と変わらない。

「どうぞ、座って」

「あ、はい」

相談室に入って早々、清水先生にそう促された。私たちは素直にクリーム色のソファへ座った。茉希は緊張しているらしく、ひっきりなしに自身の拳を結んだり開いたりを繰り返していた。

「それで？　相談というのは？」

　正面に座る清水先生は柔らかな微笑を浮かべたまま、こちらへと問いかけた。スカートから伸びる彼女のほっそりとした脚は、ベージュのストッキングに覆われている。私たちは肌を剥き出しにしてスカートをはくけれど、大人である清水先生はそんなことはしないのだ。

　茉希はしばらくのあいだうつむいたまま黙り込んでいたが、やがて意を決したように顔を上げた。

「じつは、優奈が久住さんたちにいじめられたんです」

「久住さんたちに？」

　清水先生が驚いたように目を見開いた。長い睫毛がぱちぱちと上下に揺れる。

「そうなんです。これ見てください」

　茉希はそう言ってスマホを先生へと差し出した。画面を見た瞬間、清水先生の眉根がぴくりと動いた。校則の存在が脳裏をよぎったのかもしれない。いちおうこの学校では携帯電話類の持ち込みが禁じられている。まあ、皆がスマホを持って来ていることは暗黙の了解となっているのだが。

「ひどくないですか？　優奈、すっごく傷ついてるんです」

　先生が例の会話を読み終わるのを確認し、茉希は語気を荒らげた。その言葉に返事をするわけでもなく、清水先生は無言のまま茉希へとスマホを手渡した。シリコンカバー越しに、スマホ本体の色が透けて見えている。ぼやけた黒を大切そうに握りしめ、茉希は清水先生をただ見つめた。先生は困ったように眉尻を下げると、一つひとつの言葉を選ぶように慎重に彼女に語りかけた。

「そうね。聖上さんの言葉も確かに正しいかもしれない。けど、本当にこれっていじめなのかしら」

茉希が息を呑む音が響いた。見開かれた瞳がまっすぐに目の前の教師を捉える。私の脳裏に、過去の花の横顔がチラついた。

「いじめじゃなかったらなんなんですか」

茉希の声は震えていた。安心させようとしているのか、清水先生がその手を取る。

「聖上さんは優しいから、友達が心配なのね。その気持ちはすごくわかるし、こうやって田島さんのことを心配する気持ちというのはとても素晴らしいと思うわ」

「いや、そういう問題じゃないですよ。これは――」

思わず反論しようとした私の言葉をもう片方の手で制し、清水先生は言葉を続ける。

「でもね、普通の友達のやり取りを深刻に受け取りすぎなんじゃないかしら」

そのあまりにも的外れな台詞に、私は思わずぽかんと口を開けた。隣に座る茉希は握られたままの手を気まずそうに眺めている。まるでこちらを諭すように微笑を浮かべている目の前の大人に苛立ちを抑えることができず、私は込み上げてきた感情をストレートに吐き捨てた。

「先生にはこれが仲良しな友達同士のやり取りに見えるって言うんですか？　だいたい、みんなの目に触れるところにこんな写真さらされてるんですよ？」

「でも、この写真はツイッターに上がってたものなんでしょう？　だったら田島さんもこの写真をみんなに見られたかったんじゃないの？　こういうコスプレって、ほかの人に着飾った自分の姿を見せるためにするものなんじゃない？」

「それは、」

「友達を助けてあげたいって気持ちはわかるわ。先生も昔はそうやってよくほかの子に対して怒ってたから。でも、本人の気持ちを確かめないままこうやって行動するのはあまりよいことではないと思うの。田島さんはこんなふうに聖上さんたちが私に文句を言いに来るのを本当に望んでいるのかしら」

耐えられないとでも言うように、茉希はうつむいた。前髪に隠された瞳から、ぽたりと雫が落ちる。自分の振る舞いを反省しているのだろうか。あるいは、こんな教師を頼ろうとした自分を悔いているのか。

清水先生がなだめるように告げる。

「それにね、久住さんたちに悪気なんてないと思うの。ツイッターをしていたら、偶然友人の画像が出てきた。それだけのことじゃない？　このHaruって子なんて、ずっと田島さんのことを可愛いって言ってるじゃない。田島さんがこの会話を見て傷つく必要なんてないでしょう？」

「……はい」

茉希は静かにうなずいた。その声は不満げで、彼女が納得していないことは明らかだった。しかし茉希は反論しない。なぜなら、茉希にとって大人に反論することは悪いことだからだ。唇を噛みしめる茉希の様子に気づいていないのか、清水先生はほっとした様子で両手を合わせた。

「わかってくれてうれしいわ」

そう言って、先生は満足そうに目を細めた。いったいどこまでが彼女の本音なのだろう。いじめをなかったことにしたいだけなのか。それとも、本当にこれがいじめではないと思っているのか。茉希の指が自身のスカートを握りしめる。プリーツが乱れ、深緑色のスカートにはくしゃりと皺が寄った。手入れされていない彼女の爪からのぞく皮膚には、切りすぎているせいかぷくりと赤くかさぶたができていた。

私は席から立ち上がると、茉希へと目配せした。

「そろそろ授業に戻ろう」

私の言葉に、清水先生は「そうよね」とうなずいた。長い睫毛に縁取られた黒い瞳がゆっくりとこちらに向けられる。白魚のようなその白い指が、茉希の肩を優しく叩いた。

「もう授業に戻ったほうがいいわ。北村さんも聖上さんについてきてくれてありがとうね。田島さんはとても幸せだと思うわ。自分をこんなに想ってくれる友達がいるんですもの」

茉希はゆっくりと立ち上がった。不満を露骨に示しながらも、彼女は軽く頭を下げた。前髪がばさりと落ち、その表情を覆い隠す。

「……ありがとうございました」

「いいのよ。生徒の悩みを聞くのも教師の仕事のうちだもの」

そう穏やかに告げる先生の横顔を眺めながら、私は思った。この人は、本気だ。さっきの言葉は、彼女の本心なんだ。

「何かあったらまた相談に来てね」

そんな先生の言葉に背を押され、私たちは相談室をあとにした。

無人の廊下を歩くあいだも、茉希はずっと無言だった。窓ガラス越しに授業中の教師の声が響いている。倫理の授業だろうか。性善説だとか性悪説だとか、そんな単語が聞こえてくる。ずんずんと突き進む茉希の背中を追いかけながら、私は彼女になんて声をかけようか考えあぐねていた。

「清水先生って、優しい人だよね」

それまで黙り込んでいた茉希が、唐突に声を発した。虚を衝《つ》かれ、私は「え」とか「あぁ」とかそんな曖昧な言葉を返すことしかできなかった。彼女は自身の腹部を押さえながら、淡々とつぶやいた。

「だから力になってくれるって期待してたんだけど。無駄だった」

「まあ、清水先生って前々からそういうところあると思うし」

「そういうところって？」

茉希が小首を傾げる。乱れてしまった前髪を視界の端にとどめながら、私は目を細めた。まるでBGMみたいに、雨音がひっきりなしに続いている。窓ガラスに付着した水滴たちが奇妙な絵を描いていた。

「清水先生は確かに優しいけど、なんというか……迎合的って感じしない？　人気のある子たちに好かれようとして媚売ってるとこ、私はあんまり好きじゃない」

「確かにそうだよ。でも、それでも私は力になってくれるって期待してた。だってあの人は、先生だから。先生は、子供を守るもんなんじゃないの？」

「多分、清水先生は子供を守ってるつもりなんだよ。あの人にとって、久住さんたちは可愛くておもしろい子で、優奈は冗談を真に受けて被害者ぶってるイタイ子なんだよ。だから久住さんを庇《かば》う。それが正しいと、あの人は本気で信じてる」

なんだか話しているだけで苛々してきた。先ほどの先生との会話を思い出し、私は腹いせに廊下を蹴った。靴底がこすれ、きゅっと耳障りな音を立てる。茉希がふいにこちらを振り返る。闇を煮詰めたみたいな黒々とした双眸が、私の腹立たしげな表情を映し出す。

「それが清水先生の正しさなんだとしたら、私にはどうにもできないよね」

そう言って、茉希は笑った。まるで自嘲するみたいに。

「あーあ。正義の味方なんて、どこにもいないのかな」

優奈の家は、一般の家庭と比較すると裕福な部類に入る。田島と書かれた立派な表札はおそらく大理石製だろうし、おとぎ話に出てくるような真っ白な柵で囲われた庭には多くの植物が植えられている。雨のせいか、花弁はほとんど散ってしまっているが。

「雨、キツいね」

インターホンを押し、誰かが出てくるまで私と茉希は門前に立ち尽くした。茉希がコンビニで買ったビニール傘はこの空間ではひどく浮いていて、安っぽさがよりいっそう強調されているような気がした。びしょびしょになったスカートの裾を絞り、茉希が肩をすくめる。

「優奈、出てくれるかな」

「大丈夫でしょ」

インターホンに埋め込まれた球体のレンズを気にしながらも、私は隣に並ぶ茉希の横顔を観察する。傘をさしていたというのに、彼女の前髪は水滴のせいで湿っていた。しかし肩から提げたスクールバッグはまったく濡れていない。彼女のことだ、バッグを優先して守って行動していたのだろう。濡れてしまった自身のバッグを見下ろし、私はため息をついた。百円ショップで買ったルーズリーフは、きっともう使い物にならない。

「それにしても、学校サボっちゃったね。茉希、無遅刻無欠席だったけど大丈夫なの？」

清水先生に相談したあと、結局私たちは教室には向かわずそのまま優奈の家に行くことにした。茉希が優奈のことが心配だと言ったからだ。

「いいよ。優奈のためだし」

そう茉希が答えたところで、インターホンからくぐもった声が聞こえてきた。掠れているそれは、まちがいなく優奈のものだった。

「……茉希ちゃんと恵ちゃん？」

「うん、そうだよ」

「来ちゃった」

私たちの言葉に、優奈はしばらくのあいだ黙り込んだ。ざあざあざあ。激しさを増す雨の音は、おそらく機械越しに優奈の耳にも届いていることだろう。球体のレンズが、馬鹿みたいにその場に突っ立ったままの二人の女子高生の姿を捉える。私は傘の取っ手を握りしめ、大きく息を吐き出した。

ややあって、インターホンから優奈の呆れの混じった声が聞こえた。

「とにかく家に入って。二人ともびしょ濡れでしょ」

玄関の扉が開かれる。隙間からひょっこりと顔を出した優奈の目元は、赤く腫れ上がっていた。

「まだ学校の時間なのに来るなんて、二人とも不良だね」

パジャマ姿の優奈はいつものように笑いながら私たちに数枚のタオルを手渡した。真っ白なタオルからはむせ返るような柔軟剤の匂いがする。その甘ったるい匂いに頭をくらくらさせながらも、私は素直に礼を言った。冷えきった私たちの身体を心配しているのか、私たちが身体を拭いているあいだに彼女はホットココアの入ったマグカップを机へと並べた。薄茶色の液体からは、濃いチョコレートの香りが漂っている。

「わざわざ雨のなか来なくても、電話でよかったのに」

使い終わったタオルを手渡すと、優奈はそれを洗濯機のなかへと放り込んだ。両親は仕事でいないらしく、二階へと続く階段の明かりはすべて消されていた。

リビングへと通された私と茉希は促されたソファへと腰かけた。身体がずぶずぶと深く沈む。学校のソファとは違い、優奈の自宅の家具はどうやら高級品のようだ。

「電話したけどつながらなかったよ」と、茉希が唇をとがらせる。

「あ、そうなの？　ごめん、スマホ見てなかったからさ」

「何度もかけたんだよ」

「ごめんごめん」

優奈は私たちの正面の席に座ると、まるで猫のように大きく手を伸ばして伸びをした。パステルカラーのもこもこのパジャマには、カラフルな星がちりばめられている。高校生が着るにはやや子供っぽいデザインも、幼さの残る優奈にはよく似合っていた。

「優奈、大丈夫？　私さ、今日スマホ家に忘れて、何が起こったのかあんまり理解できてなかったんだけど……」

「恵ちゃんには言ってなかったもんね、コスプレのこと。ビックリしたでしょ？　もしかして、引いた？　こいつこんな顔でこんな格好してんのかよって思った？」

そう告げる優奈の表情はいつもどおりの笑顔だったが、言葉の端々から彼女が自棄《やけ》になっていることが伝わってきた。パジャマからのぞく優奈の足の指は、絨毯にしがみつくみたいにくるんと丸まっている。私はカップを膝に置くと、静かに首を横に振った。

「思ってないよ」

「ふふ、恵ちゃんは相変わらず優しいね」

「そんなんじゃないって。本当に思ってない。だってほら、趣味って自由だし」

「そうだよ、優奈はなんにも悪いことしてないじゃん。全部久住京香のせいだよ」

茉希が不満げな声を上げる。親指の爪から口を離し、茉希は舌打ちした。

「アイツ、なんであんな写真上げたんだろ。マジ最低だと思――」

「私が悪いんだよ」

茉希の言葉を遮り、優奈は言った。赤く腫れた目をこすり、彼女は力なく笑う。

「久住さんがＬＩＮＥに載せた写真ね、同じ塾の友達とイベントに行ったときのやつなの。ほかの学校の子だから、みんな知らないだろうけどね。私、コスプレしてるって学校の友達には隠してたから、いま使ってるツイッターのアカウントの別アカでしかこういう写真は載せてなかったのね。鍵もつけてたんだけどさ」

ツイッターのアカウントには、フォロワー以外の人間に自分の投稿を非表示にする機能がある。通称、鍵アカ。鍵付きアカウントという意味だ。

「鍵アカなのに、なんで久住京香はあの画像を手に入れたの？　普通は無理じゃない？」

私の問いかけに、優奈は目を伏せた。

「私は鍵アカにしてたんだけどさ、私の友達は普通に画像上げてて……たぶんそっからバレたみたい。まあでも仕方ないよね、友達の画像をSNSにアップするって普通のことだし、その子に悪気があったわけじゃない。誰かに見られたくないのに、迂闊に写真を撮らせちゃった私が悪かったんだよ」

それに、と彼女は言葉を続けた。

「私、写真撮られるの好きだったから。好きなキャラの格好して、同じ趣味を持った子と一緒に好きなことできるのが楽しかったから。だから、画像が流れるのも仕方ないんだ。たくさんの人に写真を撮られるってことは、ネットに流出する可能性が高まるってことだし。その子が流さなくても、結局いつかは久住さんたちに見られることになったと思う」

ひと息にそうまくし立て、優奈はそこで口をつぐんだ。慰めの言葉をかけるのもなんだか彼女に失礼な気がして、私は黙ってココアをすすった。外は豪雨だというのに、この家のなかはやけに静かだ。優奈の息をする音も、茉希が苛立たしげに足を揺する音も、すべてが明瞭に聞こえてくる。

優奈には優奈の世界があった。私が知らない場所で、私が知らない友達と、彼女は秘密を共有していた。その秘密が暴露されてもなお、優奈はその友人をかばおうとしている。もしこれが自分の立場なら、私はいったいどうしていただろう。彼女のように友人を許すことができただろうか。

「でもさ、」

優奈の唇が微かに震える。いままで平静を保っていたその表情が、唐突にくしゃりとゆがんだ。その真ん丸な瞳が蛍光灯の光を反射してにじんでいる。パジャマからのぞく真っ白な首がひくりと震えた。足の指をぎゅっと丸めたまま、優奈は吐き出すように言葉を紡いだ。

「あんなふうに久住さんたちに馬鹿にされなきゃいけない理由って、なんなの。私、一度でも自分が可愛いって言った？　美人だって言った？　自分が久住さんたちに比べて可愛くないことぐらい、私だって自覚してる。でも、誰にも迷惑かけずに好きなことをやってただけじゃん。それってそんなに悪いこと？　私、久住さんに何かした？」

「してないよ、優奈はなんにも悪くない」

茉希は力強くそう断言すると、テーブルへカップを置いた。立ち上がり、彼女はそのままの流れで優奈の頭部を抱きしめた。茉希の胸に顔をうずめた優奈が、その唇から嗚咽を漏らす。友人の言葉に安堵したのだろうか、押し殺していた弱音がここにきて一気に流れ出したようだった。

「恥ずかしい。学校なんて行きたくない。みんな私のこと、心の底では馬鹿にしてるんだよ」

「してないよ」

「してるよ。だって、久住さんたち笑ってた。私、怖いの。久住さんたちが怖い」

茉希があやすように優奈の背をなでる。その仕草はどこか手慣れていて、私に花の存在を連想させた。私と花が支え合っていたのと同じように、優奈と茉希もまた互いが互いの精神的支柱なのかもしれない。

「石黒くんが馬鹿にされたときね、私、すっごい腹が立ったの。だって、石黒くんが読んでた本、私が好きなアニメの原作だったから。あのとき私、石黒くんの代わりに自分が怒ってるんだと思ってた。でも、いま考えたらそうじゃなかった。私は、怖かったんだ。いつ自分があんなふうにさらされる対象になるかと思って、怖かった。卑怯だよね、私。だからバチがあたったんだよ」

「卑怯じゃないし、優奈は悪くないってば。自分を責めるのがアンタの悪いとこだよ」

二人の会話を聞きながら、私はいまだ湯気の立っているココアを飲み干した。湿り気の残る靴下に指を滑らせ、皮膚に食い込んでいた部分を指でなぞる。紺色のハイソックスを履いていると、ゴムに締めつけられるせいでいつも皮膚に赤い痕が残ってしまう。だけどそれも一度脱ぎ捨ててしまいさえすれば、すぐに痕は消えていく。痕がそこにあったことを忘れてしまうぐらい、あっという間に。

優奈の家を出たあと、私はその足で花の家へと向かった。茉希はまだ優奈の家に残ると言っていた。多分、二人きりで話したいことがあるのだろう。

花の部屋はクーラーがついておらず、生ぬるい空気が室内に充満していた。湿度が高いせいか、なんだか蒸し暑い気がする。「サウナみたい」と思わず愚痴をこぼすと、「健康的に汗をかかないと」とあっさり流されてしまった。

足元に転がっているクッションにしがみつき、私は唇をとがらせた。

「優奈はなんにも悪くないのにさ、久住さんたちはどこまでひどいことをしたら気が済むんだろう。あんな子たちが、平然と学校に来てるのがむかつく。どうして私たちばっかりが我慢しないといけないんだって思う。先生たちだって、もっとちゃんと久住さんたちのこと叱るべきだよ」

「まあでも、仕方ないかもね」

「仕方ないって、何が？」

「ほら、大人ってさ、いじめられっ子よりいじめっ子のほうが好きだから」

皮肉っぽく、花が口端を吊り上げる。彼女の言うとおりだ。大人が可愛がるのは、見た目のいい、愛想のある子供だけ。いじめっ子には、いじめられっ子にはないたくさんのものがある。世の中を愛想よく渡っていくためのコミュニケーション能力に、自分が他者に許容されるという絶対的な自信。それらを理不尽に奪われている子供たちの存在なんて、大人の視界からは初めから欠落しているのだ。

「でも、それって間違ってる。花はそう思わないの？」

「向こうが間違ってるからといって、こっちが正しいとは思わないよ。でも」

「でも？」

クリーム色のかけ布団は、なぜだか私に卵の殻を連想させた。殻のなかに閉じこもったままでいる花には、いったい何が見えているのだろうか。私の問いに、花は答えた。

「私が間違っているからといって、世界を正そうとする権利がないとも思ってないけどね」

静けさに満ちたその声に、なぜだか背筋が粟立つのを感じた。寒けをごまかすように、私は自身の腕を手でこする。摩擦で熱を持った皮膚の表面はうっすらと赤く染まっており、泣き腫らした優奈の瞳を否応なしに思い出させた。網膜にこびりついた彼女の泣き顔が、安全な場所から動こうとしない私を責めている。

――正義の味方なんて、どこにもいないのかな。
自嘲じみた茉希のつぶやきが、脳裏にフラッシュバックする。バカみたいだ、そんなものに縋るなんて。きっと明日も明後日も、何も変わらない日々が続くのに。久住京香が何食わぬ顔で生活する、そんな間違った世界が。そう、私は確信していた。

事態が大きく動いたのは、その翌日のことだった。

〈石黒くんを待つ会（153）〉
タマリン『私は久住京香を許さない』

グループLINEに、その書き込みは唐突に現れた。通学中だった私は、スマホの通知に反応して慌ててトーク画面へと移った。この時間帯の電車はひどく混雑しており、スマホをいじる私に、正面に立つおじさんが迷惑そうな顔をした。しかしそれを無視し、私は食い入るように画面を凝視した。会話は矢継ぎ早に進んでいた。

山下雄大『なんだコイツ』

りつ　『え、キモいんだけど』
良久　『タマリンって誰だよ』
ゆっち　『誰なのこれ、キモい』

タマリンと名乗る人物のアイコンは真っ白で、個人の特定に結びつくような情報は何ひとつ示されていなかった。各々が困惑した反応を見せるなか、タマリンと名乗る人物はふたつのURLをLINEに載せた。ひとつは有名動画サイトのもの、もうひとつは地方新聞の記事へとつながるものだった。誘導されるがまま、私はそのアドレスをタッチする。

動画は、電車内の映像から始まっていた。映っていたのは久住京香だ。舐め回すようなカメラアングルからは撮影者の欲望が垣間見えて、私は思わず眉間に皺を寄せた。気持ちが悪いと思った。京香は盗撮にはいっさい気づいていないらしく、素知らぬ顔でスマホをいじり続けている。と、そのとき、どこからか男の手が伸びてきたのが見えた。撮影者も動揺したのか、一瞬だけ映像が乱れる。見知らぬ男の手が、京香の太ももに這うように触れる。痴漢に気づいたのか、京香が苛立たしげに後ろを振り返った。そのまま、彼女は手慣れた仕草で近くにいた男の手首をつかんだ。おそらく、彼女にとって痴漢は日常茶飯事なのだろう。動揺した素振りも見せず、映像内の京香は怒ったような声を上げた。

「この人、痴漢です」

「俺じゃない！」

　すぐさまそう否定した男の声の悲痛さに、私は思わず口元を自身の手で覆った。彼が否定するのももっともだ。なぜなら、触っていた男の手と京香がつかんだ男の手は、まったく別のものだったからだ。しかし京香がそのことに気づくすべはない。彼女は不快感をあらわにしたまま、男の手を上へと持ち上げた。周囲の乗客の視線が、一斉に男へと突き刺さる。

「言い訳してもムダだし。いい年して痴漢とかマジキモいんだけど」

「だから俺じゃ、」

「はあ？　触ってたじゃん。次の駅で駅員室行くから降りてよ」

「だから俺じゃないって！」

　逃げ出そうとした男を、周囲の乗客が取り押さえる。そのなかには、先ほど痴漢していた男も交じっていた。撮影者は一連の流れを無言でカメラに収めている。いったいなんの目的でこの映像を撮影したのだろうか。

　映像が途切れる瞬間、京香の軽蔑を含んだ声がイヤホン越しに響いた。

「私はほかの子らみたいに泣き寝入りしないから」

　その台詞どおり、捕まった男の人生はそこで大きく変わってしまったようだった。

電車内で痴漢容疑、××県職員を逮捕
××県××署は13日、××県迷惑行為防止条例違反（痴漢）の疑いで、同県職員の×××容疑者（42）を現行犯逮捕した。逮捕容疑は、13日午前7時ごろ、電車内で女子高生のスカートの中に手を入れ、下半身を触ったというもの。署によると、女子高生が×××容疑者の手首をつかんだところ、容疑者が逃走をはかったため周囲の乗客らによって取り押さえられた。駅に停車後、女子高生はホームで駅員に被害を申告。駆けつけた警察官に引き渡した。なお、容疑者はいまだ容疑を否認している。

貼りつけられたURLの情報を組み合わせると、容疑者とされた男が冤罪であるのは明らかだった。おそらく、撮影者は京香を盗撮していたのだろう。そこで偶然、冤罪の瞬間を捉えてしまった。動画の投稿者コメント欄には『冤罪で人生終了のお知らせ』と茶化すような文面が書かれている。サイトに投稿したアカウントは捨てアカで、投稿した本人につながるような情報は何も残されていなかった。

予想外の動画に、私はゴクリと唾を飲んだ。窓の外を見ると、昨日の天気とは対照的な青空で、雲ひとつ浮かんでいなかった。さんさんと照りつける太陽に、私は思わず目を伏せる。

ＬＩＮＥのグループ内では混乱したように、ひっきりなしに吹き出しが浮かび続けていた。

良久『これ、盗撮じゃね？』
あーたん『確かに。京香気づいてないし』
ゆっち『っていうか、勝手に動画貼るとかやばいでしょ』
りつ『まじタマリンって誰』
Haru『これ、痴漢冤罪じゃん。やばくない？』
良久『何がやばいんだよ』
Haru『だってさ、この捕まった人って実際痴漢してなかったわけでしょ？』
りつ『晴海、もしかして京香が悪いって言ってんの？』
Haru『そういうわけじゃないけど』
山下雄大『久住は悪くないだろ、実際に痴漢されてたわけだし』
ゆっち『そうそう！　京香はむしろ被害者じゃん』
りつ『逃げた犯人が悪いっしょ、あの変態キモオヤジが悪い』
Haru『でも、実際冤罪だったわけだよね？』
良久『うっせーな、お前何が言いたいんだよ』

あーたん『単純にコイツ、京香を責めたいだけじゃね？』
りつ『晴海がそんなやつだとは思わなかった。最低』
Haru『俺はただ、久住を全面的にかばうのも変じゃないかって思っただけ』
りつ『はあ？』
良久『お前このタマリンとかいうやつに完全に踊らされてるだろ』
あーたん『アンタこんなことで私らと友達やめるつもりなの？』
山下雄大『おいお前らなんで晴海のこと責めてんだ、おかしいだろ』
ゆっち『山下は黙っといてよ』
山下雄大『お前になんでそんなこと言われなきゃいけねえんだよ』
りつ『山下だって京香は悪くないって言ってたじゃん』
山下雄大『晴海の言い分もわかるってことだろ、頭使えやバカ』
良久『お前言いすぎだろ』
あーたん『マジ意味わかんない』
ゆっち『なんで山下キレてんの？』
りつ『さあ？』

『キョーカがタマリンを退出させました』

永遠に続くかと思われた吹き出し同士の論争のあいだに、その一文は唐突に差し込まれた。白の文字で書かれた業務的な一文は、なぜだか私にある種の冷酷さを感じさせた。

キョーカ『このタマリンとかいうキモいやつ、招待したの誰』

怒濤の勢いで続けられていた会話は、そこでふつりと途切れた。いったいどれだけの人間が彼らの会話に注目しているのだろうか。そして彼らは自分たちの醜い諍《いさか》いが学年じゅうの生徒の目にさらされていることに気づいているのだろうか。電車がトンネル内へと進入し、車内は一瞬だけ薄暗くなる。車体が揺れ、ぶら下がっていた吊り革がみな一様に同じ方向に揺れ動いた。

りつ　『わかんないよ』
良久　『トーク履歴遡ったけど、そんな名前のやつ、誰も招待してないしなあ』
ゆっち　『途中で名前変えたんでしょ』

りつ　『だいたい、タマリンって何』
あーたん『さあ？』
Haru　『っていうかさ、さっきの動画見直したんだけど』
Haru　『もしあれが冤罪なんだとしたら警察に言ったほうがいいと思う』
キョーカ『はあ？』
りつ　『晴海なに言ってんの』
Haru　『だってそうだろ、男の人かわいそうじゃん』
あーたん『アンタマジで黙りなよ。前々から空気読めないやつとは思ってたけどさ』
山下雄大『いや、空気とか関係ないって。晴海のほうが正解だろ』
りつ　『山下は黙っててよ』
Haru　『っていうかさ、前から嫌だなとは思ってたんだよな』
Haru　『前にも田島さんにひどいこと言ってたし。俺そういうノリ好きじゃない』
あーたん『でたでた、そうやってアンタはいっつもいい子ぶるんだよね』
りつ　『晴海のくせに調子乗り過ぎ、顔面レベル考えて笑』
山下雄大『じゃあお前らは何なんだよ』
りつ　『は？』

あーたん『山下には言ってないんですけど』
良久『まあまあ、落ち着けよ』
山下雄大『だってこいつら調子乗りすぎだろ、晴海のことなんだと思ってんだよ』
りつ『うわー、そういうノリやめてよ。萎える』
山下雄大『は？』
キョーカ『みんないい加減にしてよ』

『タマリンがタマリンを招待しました』
『タマリンが参加しました』

吹き出しと吹き出しのあいだに現れた文字に、過熱していた口論は中断した。先ほど京香によって追い出されたタマリンというアカウントが、再びこのグループに参加している。タマリンが招待したということは、先ほどの人物とは別の人間もタマリンを名乗っているのだろう。予想外の動きに、さすがの京香も動揺しているようだった。

キョーカ『ちょっと何これ』

良久　『気味悪いな』
りつ　『マジでなんなの』

『キョーカがタマリンを退出させました』
『タマリンがタマリンを招待しました』
『タマリンがタマリンを招待しました』
『タマリンがタマリンを招待しました』
『タマリンがタマリンを招待しました』
『タマリンが参加しました』
『タマリンが参加しました』
『タマリンが参加しました』

同じ文言が執拗に繰り返される。その奇妙な光景に、私は下車する駅が近づいていることも忘れて画面を凝視した。グループメンバーを見ると、タマリンのアカウントが大量に現れている。これはすべて別人なのだろうか。それとも、一人が複数の人間に見せかけているだけなのだろうか。まあ、どちらにしても気味が悪いことには変わりないのだが。
　私がメンバーの名前を確認しているあいだに、会話は再び始まった。

キョーカ『バグ？　ヤバくない？』
りつ　『意味わかんない』
キョーカ『このタマリンってやつマジで誰なの？　嫌がらせ？』
ゆっち『たぶん、このグループを解散させたいんだよ』
ゆっち『だから邪魔してるんだと思う！』
あーたん『それはありえるね』
良久　『どっちにしてもこういうのは無視のほうがいいだろ』
りつ　『愉快犯だろうしね、構ったら負けだよ』
あーたん『こういう嫌がらせするやつってまじキモーい』
キョーカ『言えてる』
りつ　『私たち、こんな嫌がらせにぜったい負けないから！』
あーたん『っていうか、晴海と山下ずっと無言じゃね？』
ゆっち『えっ、マジで友達やめる気ってこと？』

良久　『そんなわけないだろ』
りつ　『ならいいけど』

『山下雄大がHaruを退出させました』
『山下雄大が退出しました』

タマリンと名乗る人物は、それ以降何も発言しなかった。例の動画をみんなの目の前にさらしたかったただけなのだろうか。少し拍子抜けしながらも、私は人混みをすり抜けるようにして車両内を移動した。下車駅を告げるアナウンスとともに、車体が激しく揺れる。扉が滑るように開くと同時に、私は外へと足を踏み出した。

強い日差しが皮膚の表面をちくちくと刺激する。あまりのまぶしさに目をすがめ、私はその場に立ち尽くした。ローファーから伸びた影が、ホームへと力なく落ちていく。

「恵！」

背後から呼びかけられ、私は振り返った。見ると、髪をひとつに結った茉希が、こちらへ勢いよくブンブンと手を振っていた。その手には黒いスマートフォンが握られている。彼女は息を切らしながら駆けてくると、満面の笑みを浮かべて私に告げた。

「正義の味方！」

そう言って勢いよく突きつけられたスマホ画面には、ツイッターのアカウント名が刻まれていた。タマリンと書かれた文字の横には、デフォルメされた可愛らしい女の子の絵が描かれている。

『正義の味方、タマリンです。正しい人間が報われる世界をみんなで作っていきましょう！　タマリンはみんなの心のなかにいるよ☆』

プロフィールに並んでいるそれらの文字は、どう考えてもふざけて書かれたものとしか思えなかった。つぶやきはまだほとんどないが、三つ目のツイートには先ほどLINEに投下されたものと同じURLが書かれている。間違いない。このアカウントの持ち主は、先ほどのタマリンと同一人物だ。

「優奈の家から帰る途中、私、ずっと考えてたの。どうして正義の味方はいないんだろう。正しい行いをしている人間が報われるにはどうしたらいいんだろうって」

「それで、その答えは見つかったの？」

私の問いかけに、茉希はうれしそうに笑った。ポニーテールをなびかせながら、彼女が一歩その足を進める。長いスカートが揺れ、そこからやや筋張った彼女のふくらはぎが見えた。

夏の日差しをさんさんと浴びる茉希の輪郭は光によってぼやけていて、いまにもこの暑さのなかに吸い込まれてしまいそうだった。

　彼女は言った。それが当たり前だとでもいうように。

「正義の味方がいないなら、自分で作ればいいんだよ！」

＊＊＊

〈キョーカとゆかいな仲間たち（5）〉
『山下雄大がHaruを退出させました』
『山下雄大が退出しました』
あーたん『二人とも、こっちのグループも抜けたんだね』
ゆっち　『言いすぎたかな』
良久　　『気にすんなよ、すぐ戻ってくるって』
りつ　　『そうは思えないけどね』
あーたん『あー、もう！　まじタマリンって誰！　キモイ！』
ゆっち　『うざいよね、あんなふうに嫌がらせしてくるとか』

キョーカ『何が目的なんだろう』
良久　『まあ、あんまり気にしないほうがいいだろ』
りつ　『ああやって匿名でしか攻撃できないかわいそうなやつなんだよ』
キョーカ『ほんと嫌だよね、ああいうの！』
キョーカ『っていうか、こっちを分断させるのが向こうの狙いじゃない？』
あーたん『山田と山下みたいに』
りつ　『それ言えてる』
ゆっち　『そうだよ！　分断作戦だと思う！』
ゆっち　『いまここにいるメンバーは裏切らないようにしようね』
キョーカ『何があっても信じよ』
　　　　『もちろん。だって私ら、友達じゃん！』
良久がスタンプを送信しました。

第五章　作戦

〈タマリンのふれあい広場（II）〉
タマリン『とりあえず第一関門クリア！　お疲れ』
タマリン『久住らの反応やばい笑』
タマリン『仲間割れ早すぎ笑』
タマリン『そういやツイッターも作っておきました』
タマリン『ちなみにアイコン作ったのはタマリンなんで』
タマリン『どのタマリンだよ！』
タマリン『ナイスツッコミ笑』
タマリン『可愛いアイコンだね』
タマリン『魔法少女っぽくしてみた』
タマリン『確かに、名前の響きが魔法少女っぽい』

タマリン『タマリンってどういう意味?』
タマリン『それは創設者のみが知っている……』
タマリン『創設者どれだよ』
タマリン『私わかるよ。自分のLINE上ではちゃんと設定したから』
タマリン『創設者って名前が表示されるようにね!』
タマリン『うそでしょ、暇人』
タマリン『あぁ、その手があったか』
タマリン『ちょっとちょっと、区別するのはルール違反!』
タマリン『でもまあ、名前つけられたところでべつに困んないけど』
タマリン『どのアカウントから招待来たかは俺らにしかわかんないわけだし』
タマリン『ってか、久住ってマジ神経図太い』
タマリン『痴漢冤罪ばれても平気な顔してるって』
タマリン『まさか久住じゃなく山下たちがいなくなるとは』
タマリン『いやそっちかーい! って感じ』
タマリン『あの冤罪動画が怖すぎて、自分は明日から電車に乗りたくない』
タマリン『その気持ち、ほんとよくわかる』

タマリン『ああいう悪の芽は、ちゃんと潰しておかないと！』

「昨日いろいろとあったって聞いたけど、田島さんって大丈夫なの？」

教室につくなり、宇正がこちらの顔をのぞき込んできた。透明な眼鏡のレンズ越しに、彼のやや茶色を帯びた瞳が見える。そのなんとも間の抜けた表情を見ていると、自然と口角が上がっていく。優奈のことどころか今朝はもっと凄いことが起こっていたというのに、彼はちっとも知らないのだ。

「しばらくは休みみたい。体調が戻らないみたいで」

「早く元気になるといいね。佐々木さんも田島さんも」

そう言って、宇正は残念そうに眉尻を下げた。机の上に教科書を積みながら、私はふと浮かんだ疑問を口にした。

「宇正はさ、どう思った？」

「どうって、何が？」

「昨日の久住京香と優奈のこと。何があったか、周りの子から聞いたんでしょ？」

私の問いかけに、宇正は少し困ったように肩をすくめた。教卓付近では京香たちがいつものように雑談している。しかし彼女を取り巻く空気は、普段よりも冷ややかであるような気がした。やはりタマリンの件が影響しているのだろうか。いつもなら楽しそうに話している山下雄大の姿も、今日はない。

「僕が聞いたのは、田島さんが秘密にしてたことを久住さんたちがバラしちゃったって話だけど」

「かなりマイルドにしてあるけど、まあ、そうだね」

「田島さんは被害者だってボクは思ったな。田島さんが嫌だって思ったのだとしたら、そう思わせた側が悪い」

宇正は単語帳を静かに閉じると、考え込むように腕を組んだ。糊の利いた真っ白なカッターシャツは第一ボタンまで留められており、なんだか息苦しそうに見える。

「ボクは、誰かの好きなものを誰かが攻撃する権利なんてないと思うし、誰かを好きな人のことを誰かがけなす権利もないと思うんだ」

一瞬、京香の視線がこちらへと向けられた。彼女は不満そうに頬杖をつき、しかし何も聞こえていないふりをして友人との会話を続けている。

「その意見に、私も完全に同意する」

「お、北村さんがボクの意見に同意だなんて珍しいね」

「そう？　それは宇正がめんどくさいことばっかり言うからじゃない？」

「めんどくさくないよ。僕はただ、他人の考えを勝手に分かった気になりたくないだけ」

「ふーん」

私は再び京香のほうを見やった。こちらの視線に気づいていないのか、あるいは気づいているのに無視しているだけなのか。その情けない姿に、私は込み上げてくる笑いを必死になってこらえた。

昨日までだったら、久住京香がいるときに彼女の噂話をするなんてことはありえなかった。取り巻きの反応が恐ろしかったというのももちろんある。しかしそれ以上に、久住京香という存在はあまりにも特別視されすぎていた。彼女から離れる。彼女に異議を唱える。それらはすべてこの学校で生き抜くためにはNG行為なのだと、私たちは無意識に刷り込まれていた。だからこそ、今朝のLINEのやり取りは大きかった。山田晴海と山下雄大の反乱は、女王による専制政治の終わりを予感させた。

どうしてこれまであんなに深刻に考えてしまっていたのだろう。久住京香は初めからただの女子高生だった。容姿が優れているだけが取り柄の、どこにでもいる女の子。彼女は確かに学校の女王だった。カーストの上に位置する人間をはべらせ、学園を闊歩する女王様。しかし、私たちがそれを甘んじて受け入れる必要なんてこれっぽっちもなかったのだ。嫌なら追い出せばいい。間違っているなら正せばいい。

皆で協力すれば、きっと久住京香を懲らしめてやることができる。そうすれば、花だってこの学校に戻ってくることができるに違いない！

朝のホームルームを告げるチャイムが鳴る。教室の扉が開き、清水先生がざわついたままの室内を呆れ顔で見回した。

「ほら、早く座りなさい」

「はーい」

京香と律がいつものように席へと駆け戻る。清水先生はそれを温かな目で見守っている。

私は頬杖をつきながら窓の外を見やった。昨日の雨の名残か、グラウンドにはところどころ水たまりができている。その色は、泥のせいか薄汚く濁っていた。

「あら、田島さんは今日もお休みなのね」

出席簿に書き込みながら、清水先生が悩ましげな声を上げる。赤い口紅でコーティングされた唇から深いため息が漏れた。ペンシルで書かれた眉尻が露骨に下げられたのを見て、私は思わず鼻で笑った。心配しているアピールにしか見えなかったからだ。

「昨日はひどい雨だったけど、みんな大丈夫だった？　早退した子も多かったけど」

「マジ最悪だったー。髪の毛ボサボサになったし」

律が唇をとがらせる。そうね、と清水先生が呆れの混じった笑みをこぼした。

「最近の天気は変わりやすいから、みんな気をつけるようにしましょうね。晴れてると思っていたらいきなり豪雨が、なんてことも珍しくないからね」
清水先生のつまらない話になど微塵《みじん》の興味も持てない。私は机の下でスマホを取り出すと、先生に見えないように角度に気をつけながらＬＩＮＥアプリを起動した。

〈花〉
北村恵　『今日さ、茉希連れて花の家に行ってもいい？』
花　『急だね、なんかあった？』
北村恵　『話したいことがあるの』
花　『了解、全然大丈夫だよ』
花　『あ、部屋の掃除しなきゃ！』
北村恵　『それは大至急よろしく』
花がスタンプを送信しました。

「じゃあ、期末テストも近いから、みんなちゃんと勉強するのよ」
清水先生のそんな言葉で朝のホームルームは締めくくられた。生徒たちが教室を移動しようと立ち上がった音で、私ははたと我に返る。

提出されたノートを腕いっぱいに抱える先生に、宇正が声をかけている。

「先生、職員室まで運びますよ」

「あら、いいの？」

「もちろんです」

「ありがとう、宇正くん」

宇正の善意にあふれた行動はいつものことだ。先生から褒められてうれしそうに目を細める宇正を、京香が無表情で見つめている。

「恵、早く行こ。次は第二科学実験室だよ」

「あ、うん」

茉希の言葉に、私は慌てて引き出しから教科書をかき集めた。普段は四人で行動していた私たちのグループも、いつの間にか二人ぼっちになってしまった。寂しさに目を細めた私の心情を察したのか、茉希が茶化すように笑う。

「なーに感傷的になってんのよ。大丈夫だって、優奈も花もすぐ戻ってくる」

「だといいけど」

うつむいた私の背を、茉希が励ますように軽く叩いた。

その日の放課後、私は茉希とともに花の家へと向かった。花が私以外の人間を部屋に迎え入れるのは本当に久しぶりだった。あらかじめ連絡しておいたからだろう、いつもは乱雑に散らかっている室内はきちんと整頓され、小さな青いテーブルの下には座布団まで敷いてある。

玄関で出迎えてくれた花はいつもの寝巻き姿ではなく、花柄のワンピースを身にまとっていた。茉希が家に来るということで、相当気を遣っているようだ。その変貌ぶりに、私は思わず笑ってしまった。

「花、久しぶりだね。変わってなさそうでよかった」

「うん、いつも心配してくれてありがと」

「いいのいいの。それより、花の部屋ってすっごく綺麗だね。私の部屋なんて超散らかってるよ」

「普段は汚いから」

「えー、絶対うそでしょ」

繰り広げられる茉希と花の会話が、なんだかおかしくて仕方なかった。どうやら花は私以外に自分の本性を見せるつもりはないらしい。そのことに満足して、私は出された麦茶を素知らぬ顔で飲み干した。

「それにしても、どうして茉希を連れてきたの？」

花が首を傾げた。いつもはボサボサの髪の毛も、今日はきちんと櫛でとかされた形跡がある。

「それは私も聞きたかった。なんでいきなりこの三人で集まることに？」

茉希の問いに、私は自身のスマホを取り出した。学年ＬＩＮＥを開き、タマリンが出現したときの画面を表示させる。『私は久住京香を許さない』。唐突に現れた、確固たる意思表示。その画面を花に向けたまま、私は茉希を指さす。

「タマリンの創始者、茉希だって」

「えっ、いま言っちゃうの？」

茉希が大きく身をのけ反らした。花は困惑しているようだった。

「……えっと、そのタマリンっていうのは、あれだよね？　今日の学年ＬＩＮＥにいっぱい出てきた」

「そう。今朝、駅で会った時に茉希が全部話してくれたの」

その時の茉希の話をまとめるとこうだ。久住京香への復讐を目論んでいた彼女は、同志を集めることを思いつく。ＬＩＮＥが端末ごとにアカウントを取得できることを利用し、茉希は祖母のスマホを用いて『タマリン』というサブアカウントを作成した。そして、京香に恨みを持っているであろう人間に、『タマリン』という名前のサブアカウントを作って一緒に活動することを持ちかけた。その活動の成果が、今朝の騒動だったというわけだ。

「どうして私を誘ってくれなかったの？」と不満を示した私に、茉希はあっけらかんと答えた。

「だって恵、前にＬＩＮＥの話してた時にサブアカの取り方知らなかったじゃん」

教えてくれたら良かったのに、と思わず恨み言が出そうになったが、最初に私に正体を教えてくれたことに免じ、茉希を許すことにしたのだ。

「タマリンだったら、私も招待を受けたよ」

私の説明の後、花はあっさりとそう告げた。反射的に、私は茉希の膝を小突いていた。

「だって、花もスマホ二台持ってるって知ってたから」と茉希がすぐさま言い訳する。確かに、花はいつも白と黒のスマホを使っている。片方は古い機種でゲーム用にとってある、と前に話していた。

「私もタマリンのグループ誘ってよ」

「でも恵、そのスマホ以外にネットに繋げるもん持ってないでしょ？　パソコンもないって前言ってたし。サブアカ取れない子はタマリンになれないよ」

あっさりと断られ、私は「ぐぬぬ」と歯噛みすることしかできなかった。

自身の前髪を指で引っ張りながら、花は茉希へと顔を向ける。

「それにしても、茉希ちゃんが誘ってくれたとは知らなかったな。言ってくれたら良かったのに」

「いや、それは、一応は全員匿名ってルールにしたからさ。ほら、リスクを少しでも減らしたくて、スパイとかいたら怖いじゃん」

「スパイって」と笑った私に、茉希は片頰を膨らませた。

「だって、正直、アカウントなんてやり方次第でいくらでも取れるじゃん。パソコンでもアカウントは取れるし、他に端末があればそれでも取れる。なりすまされたら誰がタマリンになってるかなんて、こっちでわからなくなっちゃうし」

「でも、私は匿名っていいアイデアだと思ったよ。不満を言い出しやすいし。タマリンって、凄いアイデアだと思う」

そう花が賞賛したにも拘わらず、茉希は小さく肩を丸めた。

「いや、ごめん。実はこのタマリンのアイデアも、正直、私一人で考えたわけじゃないんだ。国生愛美っていたでしょ？　あの子とＬＩＮＥで相談して、今回の計画を思いついたの」

国生愛美は、石黒くんを学年ＬＩＮＥに招待した人物だ。確か、優奈と茉希は彼女の顔見知りだった。

「なんでその国生さんが？」

「転校してからもたまに学年ＬＩＮＥを見てたんだって。そしたら優奈が酷い目に遭ってたから、許せなくなったって。いやー、私も最初はびっくりしたよ。愛美が積極的に人の為に動くなんてさ。転校って凄いよね、人生の転機って感じ」

「国生さんって、どこに転校したんだっけ？」

「県外の学校だよ、寮だから全然外に出られなくて暇って言ってた。ま、暇じゃなきゃこんなに色々できないだろうけどさ。……実は、最初のタマリンのメッセージは、愛美が名前を変えて送ったんだ。アカウント名を『国生愛美』から『タマリン』に変更してね。そしたらバレないって本人は言ってたんだけど」

「あー、だからいきなりタマリンが湧いて出て来たのか」

タマリンが増殖するには、最初の一体の存在が必要だ。そいつがどこから湧いたのか、一つ謎が解けた。

「ツイッターのアカウントも、ユーチューブのアカウントも、細かいことをやってくれたのは愛美の方。創始者って言っても、私は全然何もやれてない。色んな子を『タマリン』名義のアカウントで誘っただけだし」

「あの動画は？」

「あれは昨日、タマリンだけのグループにＵＲＬが貼られたの。『有効活用してください』って。で、愛美が本当に有効活用してくれたの」

茉希の説明のおかげで事情は大体呑み込めた。だが、タマリンが発足してすぐに例の動画が手に入ったというのは、あまりに運がよすぎるのではないだろうか。それとも皆、京香を陥れるための武器を隠し持っていたのだろうか。

「実を言うと、二人に私からも言っておいた方がいいかなって思うことがあるんだけど」

おずおずと、花が手を挙げる。そういえば、先ほどから私と茉希ばかりが話している。

「話したいことって？」と続きを促す茉希に、花は遠慮がちに口を開いた。

「あのね……その、例の動画をＬＩＮＥに上げたタマリンって、私なの」

「へー、そうなんだ。――って、ちょっと待って。例の動画って、あの動画？　あの、久住京香の痴漢冤罪のやつ」

驚きのあまり、声が裏返ってしまった。「花がやり手探偵みたいなことしてる！」と茉希が叫んでいるが、タマリンを立ち上げた茉希だって他人のことは言えないだろう。

花が慌てて両手を振った。

「あ、も、もちろん、盗撮したのは私じゃないからね。私はただ、動画サイトから取ってきただけだから」

「どうやってこんなの見つけたの？」

「私、実は前から、久住さんのツイッターを見てたんだ。それでね、ちょっと前に久住さんが友達とのツーショット写真を投稿してたんだけど、そこに変な人からのコメントがついてたの、所謂アンチってやつ。『これお前だろ』ってコメントと一緒に、ＵＲＬが載っててね。それが例の動画だったんだ」

「よく今までサイトに残ってたね」

「んー、既に動画サイトの方は消されてたんだけど、いつ消されてもいいように見つけた時点で保存しておいたの。いつか役に立つかと思って」

そう告白した花の肩に、茉希が勢いよく抱きついた。衝撃に耐えきれず、二人はそのまま絨毯へと倒れ込む。何が起こったのか分かっていないのか、花は目を白黒させていた。

「すごいよ花！　あの動画のおかげでいま久住たちは仲間割れしてる！　お手柄だよ」

「そ、そうかな」

「そう！　このままいけば久住たちを倒せるよ！　そしたら優奈も花も学校に戻ってこられる。正しい学校生活が取り戻せるんだよ」

そうまくし立てる茉希は、どこか熱に浮かされているように見えた。正しいという言葉に酔っているようにも見える。

私は身を乗り出すと、いまだ抱きついたままの二人を見下ろした。自身の体勢に気づいたのか、花が恥ずかしそうに茉希の身体を引き剝がす。

「私が今日三人で集まろうって言ったのはね、これからのことを話そうと思ったからなの。久住京香を完全に倒すにはどうすればいいか、それを考えようと思って」

「なるほどね。作戦会議ってわけか」

茉希は身を起こすと、制服姿のままあぐらをかいた。花は両頰を手のひらで挟み込むと、悩ましげな声を漏らす。

「うーん、でも私、これ以上できることないよ？　あの動画だって、たまたま見つけただけのものだし」

「ま、すでに痴漢冤罪の件で山下と山田は久住京香一派から抜けてる。あとは周囲の友達を潰せば、そのままあそこのグループはジ・エンドでしょ」

茉希の言葉に、私も同意する。

「確かに、山下くんって男女どちらからも好かれてたし、あの子が抜けるのは痛いだろうね」

「山田君は？」

「アイツは山下のオマケでしょ。いじられてもやたらヘラヘラしてたし。ま、山下的にはそうじゃなかったみたいだけどね」

茉希はそう言って肩をすくめた。確かに、山下くんが山田晴海をかばって怒り出すとは思わなかった。彼らはよく一緒にいたけれど、私はてっきり山下くんが山田晴海をこき使っているんだとばかり思い込んでいたからだ。腕を組んだまま、花は考え込むように首をひねった。

「久住さんの弱点ってなんだろうね」

久住京香の弱点。それを考えたときに、私の脳内に真っ先に浮かんだのはあのお人好しの男だった。

「……宇正、とか？」

その言葉に、茉希があからさまに顔をしかめる。

「宇正はダメ。あいつは戦力外」

「どうして？」

「あいつには復讐とかそういうのは無理だよ。いい子ちゃんすぎる」

「確かに。嫌がらせとかはできなそうだね」

「それにあいつ、嘘とか絶対つけないだろうし。先生とかに聞かれて私らのことチクりそう」

　露骨に嫌がる茉希に、私は失笑した。ずいぶんな言い草だ。もしかすると茉希は宇正のことを嫌っているのかもしれない。久住京香たちと仲良くしているからか。あるいは、教師に頼る彼の姿が昨日の自分の姿に重なったのか。

「あ、」

　ふいに、花が顔を上げる。その細い喉が微かに震えた。

「わかった。久住さんの弱点」

「え、なになに？」

　興奮を隠しきれない様子で、茉希が身を乗り出して尋ねる。その白いシャツ越しに、彼女の黒色のキャミソールが透けて見えた。

「友達だよ。久住さん、ＬＩＮＥでも話してたでしょ？『私、みんなのことマジで大事に思ってるから』って。久住さんって、なんだかんだ言って誰かと一緒にいることに固執してるように見えるんだよね。友達が大事とかみんなのことが好きとか、そんなのって普通ここまで大っぴらに言わなくない？　それをわざわざＬＩＮＥに書き込んでるってことは、こうすることで自分が誰かと友達ってことを確認して安心してるのかなって思うんだ」

「あー……つまり、一人ぼっちにさせればいいってこと？」

「うん、それがいちばんダメージが大きいと思うな。久住さんの周りの友達を、一人ひとり潰していくの」

穏やかな声音で紡がれた花の提案は、ずいぶんと不穏なものだった。「確かに！」と茉希が大きくうなずく。

茉希はクリアファイルからA４の紙を取り出すと、すらすらと生徒たちの名前を書き記していった。

「えっと？　山田晴海と山下雄大が抜けて、残されてるのは……」

山下雄大、山田晴海。二人の名を、茉希は書いたそばからマーカーで塗り潰した。

長谷川律（りつ）、伊藤ゆい（ゆっち）、土井亜夢瑠《あむる》（あーたん）、田代良久（良久）。カッコ内に記されているのは、それぞれのＬＩＮＥのアカウント名だ。

「私、もう一人どうにかしたい人がいる」

そう言って、私は茉希から紙を奪い取った。そこに書き加えたのは、清水奈々子。我らが担任の名前だった。

「なるほどねぇ」と茉希が目を細める。

「久住京香に近い奴といえば、先生だってそうでしょ？　ま、清水先生はオマケと思ってくれてていい。私が勝手にムカついてるだけだから」

「オッケー。それじゃ、久住京香の周辺にいるやつらのやばい情報を集めてみよっか。それで周りの子らを追い出していこ。そうだなあ、まずはタマリンのグループにとりあえず書き込む？　周囲の情報よろしくって」

「そうだね。そうしたほうがいいと思う」

「了解」

応じた茉希は、鞄から普段のものとは違うスマホを取り出した。黄色のカバーに入ったそれは画面に大きくヒビが入っており、普通に利用するのは危険そうにも見えた。画面保護シールが貼られてはいるが、ここまで割れていては気休めにしかならないだろう。

「これがさっき言ってた、おばあちゃんのスマホ」

私の視線に気づいたのか、茉希が少し恥ずかしそうに笑った。

「おばあちゃん、スマホ買ってもほとんど使ってなくてさ。だから私が借りてるの」

そう言いながら、彼女はタマリンというグループに書き込みを続けている。のぞき込むと、確かに所属メンバーの名前は全員タマリンになっていた。いったい誰が誰なんだろうか。顔が見えない相手というのは、仲間と呼ぶにはちょっと怖い気もする。しかし、隣にいる茉希はそうは思っていないようだ。あるいは、裏切られても匿名だから構わないと思っているのかもしれない。

「そういえばさ、花ってハムスター飼ってるんだね」

茉希が指差した先は、ケージのなかにいるジャンガリアンハムスターだった。くりっとした瞳をこちらに向けるその姿は、愛玩動物という表現にふさわしい可愛らしさだった。ブックスタンドで区切られた隣のスペースには、いくつかの大型の図書が並んでいる。そのなかには、先日宇正が推薦した生物大百科も紛れていた。

待っている間、私は茉希へと問いかける。

「ね、『タマリン』って何？」

「愛美曰く、動物の名前なんだってさ」

「へー、聞いたことないけど」

「私も知らな――あ！　ほかのタマリンから情報が集まってきた」

スマホから吐き出された青白い光が、茉希の横顔を照らしている。彼女は満足げな表情を浮かべると、私へ微笑みかけた。

「明日からどうなるか見ものだね」


『タマリンが画像を送信しました』

茉希のタマリンへの呼びかけは、一週間以内に効果を発揮した。ＬＩＮＥグループにゆっちこと伊藤ゆいの援交現場とされる画像が貼りつけられたのだ。画像に映っていた相手は父親と同じくらいの年齢の、少し小太りの男だった。ラブホテルの前を歩く二人はしっかりと腕を絡ませており、その関係性がただならぬものであることをほのめかしている。

〈石黒くんを待つ会（１６）〉
タマリン『みんな知ってる？　伊藤ゆいって援交してるんだよ！　しかも相手はこんなキモいおっさん！』
ゆっち『ちょっと何これ。マジふざけんなよ』
タマリン『この男の行為も違法行為でしょ。女子高生に手を出す男なんてクズ以下じゃない？　二人そろって社会的制裁を受けるべきだと思う』
ゆっち『嘘つくのやめろ卑怯者。たまたま通りかかっただけだし！』
あーたん『また出たー。タマリンってなんなのマジ』
良久『お前らが反応するからこんなやつが出てくんだろ』
キョーカ『無視したらいいから』
タマリン『彼氏とか親がこの画像見たらどう思うんだろうね』

タマリン『コイツの彼氏、確か他校のやつでしょ？　誰か知り合いいないの？』
タマリン『送ってやろうよ。浮気被害者の彼氏に教えてあげなきゃ』
ゆっち『やってみなよ。それ私のパパだから。変な撮られ方しただけだから！』
タマリン『そんな言い訳信じるやついんのかよ』
タマリン『あ、もしかしてパパってそっちの意味で？』
タマリン『あー、だからいつもブランドものの化粧品とか持ってたんだ』
タマリン『パパに買ってもらったんだね。お礼に何したんだろうなー？』
タマリン『わかってるくせに聞くなよ笑』
ゆっち『テキトーなこと言ってるやつマジで誰だよぶっ殺す』
タマリン『コイツ口悪いよな、前から思ってたけど』
タマリン『口でしか強がれないんでしょ。かわいそうな頭だから笑』
ゆっち『無視してんじゃねーよ！』
キョーカ『ゆっち、落ち着いて』
良久『とにかくお前はスマホ切れ。挑発されてんだよ』
タマリン『いやいや、挑発じゃないし』
タマリン『さらされて困るようなことするのが悪いんだよねー』

タマリン『ねー』
ゆっち『みんなは私が嘘ついていないって信じてくれるよね？』
タマリン『まさか私のこと疑ったりしてないよね？　本当にパパなんだよ』
タマリン『言い訳がひどすぎる笑　やっぱバカだなコイツ』
タマリン『ってか、援交してる証拠残すなよ。なんで写真とか撮られてんの』
タマリン『本当だよね、警戒心なさすぎ』
ゆっち『キョーカは私のパパに会ったことあるよね？』
ゆっち『こいつらに本当のこと言ってやってよ』
キョーカ『え、会ったことあったっけ？』
タマリン『ウケる笑　友達に裏切られるとかダサすぎ』
タマリン『言い訳しっぱい。残念でした』
タマリン『せめてそこは連携しっかりとっとけよ。ウケるわ』
ゆっち『キョーカ、ひどいよ』
キョーカ『いや、ひどいとかじゃなくて、本当に覚えてない』
ゆっち『もういい』
『ゆっちが退出しました』

キョーカ『え、ちょっと待ってよ。なんで抜けるの』
『キョーカがゆっちを招待しました』
タマリン『あーあ、また勝ってしまった』
タマリン『敗北を知りたい笑』

休日の昼間からなんとも恐ろしいものを見てしまった。ソファに寝転がりながら、私は視線だけでスマホの画面を追った。同じアイコン。同じ名前。それでいてまったく別人の『タマリン』という存在が、伊藤ゆいを徹底的に追い詰めていく。もしかすると彼女は今回の件で周りから責められるかもしれない。そう考えるとなんだか彼女に同情してしまいそうになるが、いままでの言動を振り返ると、それも仕方ない。だいたいの話、そんな不潔な行為を初めからしなければよかったのだ。タマリンたちはただ事実を暴いただけ。真実を明らかにすることが、悪であるはずがない。

クーラーの効いた部屋で、私はゆっくりと目をつむった。騒音のない室内はひどく快適で、できることならばこのまま永遠にここにいたいと思うほどだった。眠気のせいか、瞼が勝手におりてくる。意識がどろどろに溶けていき、身体の端々がしびれたように固まっていく。肩にどっとかかる空気の重みに、私は静かに息を吐き出した。耳を澄ませば、クーラーの作動音だけがうるさかった。

　ピピピピピ。唐突に響いた機械音に、私はハッとして身を起こした。初期設定のままの着信音が、室内に鳴り響いている。

　画面を見ると『マキ』という二文字が浮かび上がっていた。私はスマホの通話ボタンを押す。

「もしもし？」

「あ、もしもし恵？　あのグループＬＩＮＥ見た？　マジ笑ったんだけど」

　スマホ越しに響く茉希の声は、喜びの感情をたっぷりと含んでいた。私はソファから立ち上がり、冷蔵庫の中身を探る。

「見たよ」

「これで伊藤ゆいは消えたね。あとは長谷川律とか結構消しやすそう」

「っていうか、あの画像はどっから誰が入手したの？」

「さあ？　私も知らないよ。タマリンの誰かの仕業でしょ」

　茉希はそう言ってカラカラと愉快そうに笑い声を上げた。その軽やかな口調からも、彼女の機嫌がいいことがうかがえる。私は冷蔵庫からボトルを取り出すと、グラスに麦茶を注ぎ込んだ。ポコポコポコ。グラスの底にできた気泡は、あっという間に消えていった。

「いまね、タマリンのグループ二十人にまで増えてんの。あのグループさ、入ってくる情報やばいよ。やっぱ久住たちのこと、みんな嫌いだったんだね。ツイッターのフォロワーも増えてるし」

「ほかの子の情報もあるの？」

「もちろん！　ただ、伊藤レベルの情報はないかな。あの子ヤバすぎ」

「そりゃそうでしょ」

援交だなんて、そんな情報が大量に出てきたらきっと私は反応に困ってしまうだろう。久住京香たちの素行が悪いことは知っていたけれど、まさか身近でそんなことが実際に行われているとは想像もしていなかった。テレビドラマやニュースのなかだけに存在する、自分たちとは関係のないものだと感じていたから。

でもさ、と茉希の声のトーンが少し落ちる。

「久住自体の情報はもうほとんどないよ。っていうか、アレ以上の情報なんて、普通見つかんないでしょ」

「痴漢冤罪だもんね。ネット炎上させるとか、他にやりようないのかなぁ」

「撮影者が出てこない限り難しい感じはするよね。結局、あの動画自体も盗撮犯のものだし」

「それに久住さんが痴漢被害を受けたってことは事実なんだよね。こういうとアレだけど、もし痴漢されたのが私だったら、犯人を捕まえてやるって勇気はないだろうし、そしたら冤罪は起こらないけど痴漢した奴は一生捕まらないんだよね」

「何？　まさか、恵は久住京香を庇うつもり？」

「そんなわけないじゃん」

ただ、客観的な状況を考えただけだ。久住京香を倒すには、冷静な思考が必要だ。一つのミスで、形勢が逆転するかもしれない。

「ま、いまは久住京香よりその周辺がターゲットだし。久住のことはおいおい考えるってことにしよ」

茉希の言葉に、私は短く相槌を打った。ソファに足を伸ばし、「そうだね」と私もうなずく。汗をかいたせいで、ソファの表面に太ももの裏側がべたりと張りついている。その隙間に手を滑り込ませ、私は無理やり皮膚を引き剝がした。痛みはなかった。ただ、何かが離れる感覚だけがあった。

翌日の学校に、伊藤ゆいの姿はなかった。京香たちはいつものように教卓付近で話すことはせず、廊下でほかのクラスの友人たちと集まっている。教室内の空気は和やかで、普段は縮こまって隅に隠れている生徒たちも皆なんだかのびのびとしているような気がした。自身の成果にご満悦なのか、茉希にいたっては鼻歌まで歌っている。

「あー、平和だね」

私の机に頬をこすりつけながら、彼女は口角を持ち上げた。

「そうだね」

「でも、これからもっと平和になる。久住京香さえいなければ、このクラスは上手くいくんだよ」

紡がれる言葉の端々から、彼女の熱意が伝わってくる。茉希は本気だった。そのことになぜか、私は少しだけ恐ろしさを感じた。どうしてだろう、すべてが上手くいっているのに。

手のひらににじんだ汗をごまかすように、私は自身の腕を背中に回した。

「幽霊って信じる？」

唐突に発せられた言葉に、私と茉希は驚いて顔を上げた。見ると、腕いっぱいに教科書を抱えた宇正が私たちの机の前に立っていた。

「なに、唐突に」

「僕は全く信じないんだけどさ、和也は信じてたなって思い出して。ほら、北村さんに前に話したでしょ？　中学の時の修学旅行の話」

「あぁ……そういやそうだったね」

確か、京香と宇正と石黒くんが同じ中学校だった件だ。三人は修学旅行で同じグループになったという内容だった。

「和也はオバケが苦手だったんだ。で、お化け屋敷には行かないって言い出して。それを、久住さんが蹴って無理やり中に入れたんだよ、『大事な時に気合いいれなくてどうすんだ』って」

「ひどい話だね」

京香が石黒くんの脚を蹴っている姿は、簡単に想像できた。眉をひそめた私に、宇正は笑いながら首を横に振った。

「いや、今思えば和也が久住さんを気にし出したのはあれからのような気がするんだ。アイツ、昔から気が強い子が好きだから」

「えぇ……」

茉希は完全に引いている。それに気付くわけもなく、宇正は意気揚々と語り続けた。

「確かあの時、久住さんがスマホをお化け屋敷で落としたんだよね。それで班の空気が最悪になって、ボク、探しに行ったんだ。ほら、ボクはオバケなんて信じてないから。で、四周目くらいでようやく見つかって、」

「宇正、四周も探したの？　一人で？」

「ウン。で、それを久住さんに渡したぐらいから、今みたいな関係になったんだ」

「ははー、なるほどねぇ」

顎を擦り、茉希は意味ありげに廊下を一瞥した。だが、私は久住京香のことなんてどうでもよかった。石黒君が、自分を蹴り飛ばすような女を好きになった？　そんなことありえるか？　真面目な人間でなく、他人に暴力をふるうような奴に惹かれるなんてことが。

「ねえ、北村さん」

宇正は一度教科書を机に置くと、急に自身のスラックスの裾をまくった。予想外の行動に、物思いに耽《ふけ》っていた私も現実へと引き戻された。

「何やってんの？」と茉希が片方の眉を器用に吊り上げる。

「見てもらおうと思って」

貧弱な宇正のふくらはぎ部分には、大きな引っかき傷のような赤黒い痕が残っていた。

「ボクさ、山田クンに自転車で轢かれたじゃん？　この前の話だけど」

「あぁ」

そういえばそんなこともあった。ついこのあいだの出来事であったはずなのに、なんだかひどく昔のことのような気もする。ここのところ、さまざまなことが起こりすぎた。

宇正は照れたように頭をかくと、じつはさ、と真面目ぶった顔で肩をすくめた。

「あのときの怪我は結構ひどかったんだけど、ようやく治ってきたんだ」

「え、そうだったの。平気そうにしてたじゃん」

血の苦手な茉希が露骨に顔をしかめる。私は首をひねった。

「あれ、あのときはなんともないって言ってなかった？」

「だって、怪我したって騒いだら山田クン気にしちゃうだろ？」

「べつにいいじゃん。アイツが悪いんだし」

フンと鼻を鳴らす茉希に、宇正は苦笑じみた笑みを浮かべた。ひらひらと振られた手はやたらと薄っぺらくて、いまにも風に乗って飛んでいってしまうのではないかと思った。

「ボクは、許すことにしたんだよ」

その台詞が数日前の図書室での会話の続きだと気付いたのは、私だけだった。

「だって、誰かが許さないと永遠に終わらないから」

「終わらないって、何が？」

「加害者と被害者の関係が」

そう告げる彼の切れ長の瞳が、一瞬だけ弧にゆがんだ。長い指が熱をはらんだ机をなでる。

うつむいた拍子に、その端整な横顔に影が落ちた。神様が作り上げた完璧な造形は、こうした瞬間に私たちの網膜に突き刺さる。感傷をにじませたその瞳が、過去を懐かしむように大きく揺れた。薄い瞼が緩やかに上下するのを、私たちはただ息を呑んで見つめた。

彼の口端が、小さく持ち上がる。まるで過去の思い出をかき消すかのように、宇正は弱々しく笑ってみせた。

「ボクは、ボクの意思で相手を許すんだ」

その声に含まれた感情がいったいなんなのか、私にはわからなかった。ただこの瞬間、久住京香が宇正に惹かれる理由が、なんとなくつかめたような気がした。

＊＊＊

〈石黒和也〉

北村恵　『えっと、急にゴメンね』

北村恵　『石黒くん、タマリンのアレ、見た？』

石黒和也　『見たよ。びっくりしたけど、それよりも田島さんは平気なの？』

北村恵　『落ち着いたら学校にまた来るとは言ってたよ』

北村恵『あの、どう思った？』
石黒和也『どうって？』
北村恵『石黒くんは久住京香のこと、今でも好き？』
石黒和也『まさか笑』
石黒和也『さすがにあんなことされたら、ちょっとね』
北村恵『あのね、今日宇正と喋ったの』
北村恵『それで修学旅行の話を聞いてね』
北村恵『あの、本当なのかな。久住さんに蹴られたって話』
北村恵がスタンプを送信しました。
石黒和也『宇正のヤツ、またテキトーなことばっかり言って。気にしないで、その話は』
石黒和也がスタンプを送信しました。
北村恵『蹴られたのに久住さんのことス』
北村恵がメッセージの送信を取り消しました。
北村恵『ゴメン、間違えて送っちゃった。今の忘れて』
北村恵『石黒くんがオバケ苦手だって話もしてたよ』
石黒和也『俺のトップシークレットなのに笑』

北村恵　『宇正はオバケ信じてないんだって』
石黒和也　『だろうね。アイツはそういう奴だから』

第六章　正体

〈ゆりあんぬ（3）〉

あーたん『ゆっち、元気出してよ』

りつ　　『私らはちゃんとわかってるよ』

りつ　　『ゆっちはそんなことしてないよね』

あーたん『京香はほら、ああいう性格だからさ』

あーたん『よくも悪くも素直なんだよ』

りつ　　『でもまあ、さすがにアレはないよね』

あーたん『私もないと思った』

あーたん『ゆっちがあんなふうに言われる筋合いないもんね』

りつ　　『本当、ひどいよね』

あーたん『京香がちゃんと否定しておいてくれたらね』

りつ　『ゆっちお願い、返信してよ』
りつ　『既読がつくってことは、ちゃんと見てるんでしょ？』
あーたん　『京香が嫌なら、私と律の二人でお見舞い行くよ』
りつ　『私らは京香と違ってゆっちを絶対裏切らないから』
ゆっち　『ほんと？』
りつ　『ゆっち！』
あーたん　『うん！　ほんと！　約束する！』
ゆっち　『あの日からさ、家でずっと泣いてる。ほんと悲しい』
ゆっち　『京香は最初から、私のこと友達と思ってなかったのかな』
りつ　『そんなことないって！』
あーたん　『ただちょっと、あの子って悪気ないままヒドイことしちゃうんだよね』
あーたん　『無自覚で性格悪いからさ』
ゆっち　『裏切らないって約束したのに』
ゆっち　『どうして私がこんな目に遭わなきゃいけないの？』
ゆっち　『私、許せないよ』
りつ　『タマリンが？』

ゆっち　『ちがう。京香が』

　タマリンの次なる標的に選ばれたのは、長谷川律だった。ＬＩＮＥに貼りつけられたのは、小学校、中学校時代の卒業アルバムの一部だ。現在はぱっちり二重の律だが、その写真を見るに幼少のころは一重であったことがわかる。太っているせいなのか、それともパッとしないデザインの眼鏡のせいなのか。そこに写っている姿は、現在の垢抜けた彼女の姿とは相当の落差があった。

〈石黒くんを待つ会（１６０）〉
タマリン『え、何この写真ダサすぎなんだけど』
タマリン『マジかよ。あんな偉そうにしてたくせにもとはコレだったとか笑』
タマリン『ってか顔変わりすぎじゃない？　整形？』
タマリン『それはありうるー』
タマリン『いまも化粧落としたらこんな顔なんじゃない？』
タマリン『ただの詐欺じゃん笑』
キョーカ『アンタらさ、最低じゃない？　こんな写真さらして何が楽しいわけ？』

タマリン『うっさいんだけど』
タマリン『私たちはただ事実を言ってるだけだよ』
タマリン『そうそう』
キョーカ『マジありえないわ』
あーたん『本当ひどいよね。こいつらなんなの』
タマリン『私たちが悪いって言うの？　自分たちのことを棚に上げて？』
タマリン『ほんとそれ』
タマリン『いままでさんざん他人のことブスって笑ってたのにね』
タマリン『自分のコンプレックスの裏返しだったかー』
タマリン『すぐ悲劇のヒロインぶるとか、引くわ』

タマリンが登場して以降、学年グループで活発に話し合うメンバーは確実に変化した。くだらない雑談や噂話。これまでは京香たちが盛んに行っていた行為をなぞるかのように、今度はタマリンたちが力をふるうようになってきた。彼らが投下する情報は確実に久住京香の周辺にいた人間を追い込み、さまざまな人間を巻き込みながら巨大な流れとなって校内に存在していたカーストを破壊し始めていた。

「山下くん、今日の帰りゲーセン寄らない？」

廊下で立ち話をしていた山下雄大に、バスケ部の女子が話しかけている。ストレートパーマによって維持されている彼女のサラサラとした黒髪は、男子に評判がいいらしい。清楚さを失わないギリギリのラインまで短くされたスカートからは、部活で鍛えられた太ももがチラチラとのぞいていた。山下が首をすくめる。

「えー、俺いま金欠なんだけど」

「じゃあコンビニでお菓子買ってテキトーにだべる？」

「あー、いいかも。ポテチ食いたいし。晴海は何食いたい？」

視線を向けられた山田晴海が即答する。

「チーズ鱈」

「お前、本当つまみ好きだな」

「おじさんみたいだね」

彼らの楽しげな笑い声が休み時間の廊下に反響している。久住京香と絡まなくなった山下雄大は、山田晴海とともに別のグループの女子たちと過ごすようになっていた。女子高生特有の甲高い笑い声は、騒音のなかでもやけに耳につく。きゃあきゃあと黄色い歓声を上げる少女たちの存在を無視するように、最近の久住京香は教室の端でスマホをいじることが多くなった。

久住京香というブランドはいまになってもなお崩壊していない。彼女は皆から一目置かれており、美しい女王様のままだ。しかしその周囲にいた女子の勢力は、明らかに以前よりも衰えていた。

女子の力関係は、容姿とつるむ人間で決まる。優れた容姿を持つ者は、持たざる者より上位に立つ。これまで久住京香一派は、京香というブランド力でその力を維持してきた。その周囲の人間にそれほどの魅力がなくとも、京香の友達というステータスが彼女たちに強大な発言権を与えていたのである。しかしそれは敵を作る要因にもなった。虎の威を借る狐。律たちを揶揄するのに用いられたその言葉は、周りの人間自身にはなんの力もないことを意味していた。にもかかわらず、彼女たちは好き勝手に振る舞いすぎたのだ。タマリンの暴露によってこれまで最上位に位置していた久住京香の取り巻きグループは陥落し、体育会系の部活に属する別のグループが最上位の位置を奪った。それでも、久住京香は自身の友人たちを裏切ったりはしなかった。本当ならば別のグループに移るという選択肢もあるはずなのに。彼女はそれをしなかったのだ。

「そろそろ潮時じゃない？」

放課後の教室に人影はなかった。以前ならば田代良久と久住京香が教室の隅でいちゃついていたのだが、最近ではその光景も見なくなった。売店で買ったコーヒー牛乳をすすりながら、私は茉希のほうを見た。

参考書の問題文をノートに書き写しながら、茉希は小さく首を傾げた。

「何が？」

「タマリンのこと」

教室から外を見下ろすと、体育館の裏に置かれたバスケットゴールが見える。こぢんまりとしたそれは、三年前にいたバスケ部の顧問がこっそりと設置したものらしい。シャツの袖をまくった山下雄大とその仲間たちが、歓声を上げながらボールと戯れている。

「もうそろそろいいんじゃない？　優奈も戻ってくるって言ってるし」

明日から学校に行くね。そう優奈から連絡があったのは、今朝のことだった。大勢の友人から励ましのメッセージが届いたらしく、それが悩んでいた彼女の背を押したようだ。

茉希はシャーペンをカチカチと指の腹で押しながら、私のほうに顔だけを向けた。広げられたままのノートには、次のテスト範囲で使う公式がいくつも書かれている。

「まだだよ」

茉希の目が細められる。そこに宿る光の鋭さに、私は息を呑んだ。定規によってまっすぐに引かれた線。まるで機械を使って描いたかのような、完璧なx軸とy軸。茉希は、ゆがんだものが嫌いなのだ。

「だってまだ、花が戻ってきてないじゃん」

「それはそうだけどさ……」

「恵だって久住京香を懲らしめたいって言ってたじゃん。どうしたの？　こんなところで弱音？」

「弱音っていうか、もう充分懲らしめたかなって」

久住京香の動画や伊藤ゆいの情報が投下されたときは、正直なところ胸がすく思いがした。悪事が暴かれ、せいせいした。しかし、長谷川律の画像は違う。あれは昔の彼女の姿をただ皆であざ笑っているだけだ。卒業アルバムの写真を嫌がらせに利用するなんて、私は発想すらできなかった。

「長谷川律のこと？　あんなのまだ序の口でしょ。だいたい、あいつは優奈の画像を見てブスって言った！　最低だ、何度謝っても許されないよ。アイツのしたことは。恵だってそう思ったんでしょう？　だから、私たちはタマリンを作ったんでしょう？」

そう言われ、私は反論できなかった。茉希の主張は、何も間違っていない。

茉希が消しゴムでノートをこする。座標の位置を間違えたのだろう。ゴシゴシと、彼女はまっすぐな線を消していく。

「ちゃんと正しく引き直さなきゃ」

そう言って、茉希は再び真っ白な紙面に線を引き始めた。私は参考書に書かれた問題をチラリと見た。よくよく見ると、数字の正と負が逆になっている。しかし茉希はそれには気づかず、美しい図式を一生懸命書き込んでいた。自分が正しいと、思い込んだまま。

＊＊＊

〈タマリン〉
タマリン『ねえ、愛美。私たち、間違ってないよね？』
タマリン『どうしたの？　茉希がこんな時間にLINEなんて珍しいね』
タマリン『さっき友達に、そろそろ潮時だとか言われて』
タマリン『久住京香をやっつけるのが私たちのゴールでしょ？　忘れちゃダメだよ』
タマリン『そうだよね。まだ足りてないよね、全然』
タマリン『忘れちゃダメだよ、茉希。私たちは正しいの。正義の味方なんだから』

＊＊＊

「明日、優奈の家に迎えに行ってあげようかなぁ。早起きして」

「事前に約束しときなよ？　いきなり茉希が突撃したら、家の人ビックリしちゃうって」

「分かってる分かってる」

「怪しいなぁ。茉希ってテンション上がったら色々やらかすし」

「恵に言われたくないんですけど」

恵と茉希の家は、駅五つ離れた場所にある。乗る電車の方向が反対なため、大抵は改札を過ぎたところで解散だ。

学校からの帰り道。いつもは真っ直ぐに帰宅する茉希が、珍しく本屋の前で足を止めた。

窓ガラスには有名作家の新刊の広告が貼られていた。高く積まれた文庫本にはカラフルな帯が巻かれており、過激な文言が所狭しと並んでいる。

「買いたい本でもあった？」

「いや、そうじゃない」

私の質問におざなりに返事し、茉希はずんずんと店内へと進んで行った。仕方なく、私も後についていく。漫画コーナーでは、数人の人間が表紙を眺めているところだった。何を買うか吟味している人々の間をすり抜け、茉希はそのうちの一人に声をかけた。

「愛美」

名を呼ばれた少女は、驚いたように顔を上げた。ふたつに束ねた黒髪に、黒縁眼鏡。フリルの多い黒のスカートからのぞく足は、夏だというのに厚手の黒タイツに包まれている。全身黒のコーディネートは、漫画に登場する暗殺者みたいだった。

「愛美って、国生愛美さん？」

私がヒソヒソと茉希へ尋ねると、「そうそう」と茉希は明け透けに頷いた。

「何やってんの？　こんなとこで。寮、なかなか外に出られないんでしょ？」

「そうなんだけどね。今日は学校の創立記念日だったから、特別に外出許可が出てるの。それで、久しぶりにこの辺りをぶらぶらしよっかなって」

会話をしながらも、彼女は警戒するようにチラチラとこちらを窺っていた。私がいないもののように振舞っているのは、人見知りのせいなのだろうか。理由が分かっていてもあまり良い気持ちはしない。

「この近くに来るんだったら言ってくれたら良かったのに、さっきのＬＩＮＥでさぁ。私、愛美に会いたいなって思ってたんだよ？」

「え？」

愛美の目が見開かれる。不可解そうに、彼女は茉希の顔を凝視した。

「何言ってるの？」

「何ってなにが？」

「私、ＬＩＮＥやってないよ？」

その瞬間、茉希は笑顔のまま固まった。肩を叩こうと持ち上げられた手が、宙ぶらりんの状態で静止している。「嘘」と茉希は言った。引き攣った笑顔を浮かべたまま。

「嘘じゃないよ。あれってアドレス帳に入ってる友達にＬＩＮＥしてることバレちゃうんでしょ？　それを友達から聞いて、怖くなってＬＩＮＥはやらないことにしたの」

ほら、と愛美が茉希へとスマホを突き出す。画面には、確かにＬＩＮＥのアイコンはない。

「いや……マジで、そういう悪趣味なことはやめて欲しいっていうか……はぁ？」

茉希の顔から、どんどんと血の気が引いていく。ふらついた彼女の身体を慌てて支え、私は口を挟んだ。

「えっと、国生さん。その機能はちゃんと設定しとけば回避できるよ。友達に内緒でＬＩＮＥを始めることもできる、あくまで便利機能だから」

「あっ、そうなんだ……。えっと、うん」

私が話した途端、愛美は口ごもった。お構いなしに私は続ける。

「国生さんはＬＩＮＥやってないんだよね？」

「う、うん、やってないよ。神様に誓ってもいい」

では、どういうことだ。私は石黒くんを待つ会の画面を開くと、トーク履歴を遡った。見せたのはこの一文だ。

『国生愛美が石黒和也を招待しました』

黒目を微かに上下させ、愛美が顔を思い切りしかめる。

「え？　私のなりすまし？」

「本当に国生さんじゃないの？」

「私じゃないよ。石黒くんがいまどこにいるかなんて知らないし……」

だとすると、全ての前提条件が狂ってしまう。ドクリと疼《うず》くこめかみを、私は親指の腹で押さえつけた。私たちは何を知っていて、何を知らない？　一体どれが正解なんだ。

愛美が茉希へと向き合う。私に対するものとは明らかに違う砕けた口調で、愛美は言った。

「ねえ、このなりすまし犯にちゃんと注意しておいてよ。私、変な勘違いされるの嫌なんだけど」

「うん……それは、伝えておく」と茉希が蒼褪めた顔のまま頷いた。

「伝えておくじゃなくて、今伝えて欲しい」

「え？」

「茉希、連絡取り合ってるんでしょ？　なりすまし犯にガツンと言ってやってよ」

「あー、うん。そうだね」

茉希がのろのろとスマホを操作する。その画面を、私は横から覗き込んだ。


〈タマリン〉

タマリン『いま、私の横に愛美がいるんだけど。私のこと騙してたの？』

タマリン『茉希、どうしたの？　おかしくなっちゃった？』

タマリン『おかしいのはそっち！　アンタ、本当は誰なの？　なんで愛美って嘘吐いたの？』

タマリン『嘘を吐いたことは申し訳ないけど、それってそんなに大事かな？』

タマリン『はぁ？』

タマリン『私たちの目的は、久住京香を倒すことなんだよね？　それって、私が国生愛美じゃないこととなんか関係ある？　それとも、茉希の正しさって結局その程度のものの？　ねえ、私たちは正義の味方なんだよね？　茉希は私のこと、信じてないの？』

タマリン『だって、誰か分かんないような相手を信じられないよ』
タマリン『なんで？　タマリンは匿名でしょ？　匿名でも、機能すればいいんでしょ？　それが正しいことなら。そう、茉希が言ったんだよ。茉希が作ったんだよ、タマリンを』
タマリン『私が悪いっていうの？』
タマリン『悪いんじゃないよ、茉希は正しいの。タマリンの中身がなんであろうと、私たちのやるべきことは正しいことを進めること。違う？』
タマリン『違わない』

私は思わず茉希を見た。彼女は受け入れたのか、国生愛美を騙《かた》る相手を。

「これでもう大丈夫だよ。ちゃんと伝えたから」

画面を切り、茉希はにっこりと愛美へ笑いかけた。嘘を吐いたのだ、あの茉希が！

愛美は不安そうにじっと茉希の顔を凝視していたが、やがて静かに首を左右に振った。

「ならいいや。今日はここで茉希に会えて運が良かったかも、なりすまし犯がいることも分かったし」

「学校の子には私の方から伝えておくから、愛美は心配しないで。ほら、せっかくの外の世界なんだし、いっぱい漫画チェックしなよ。私らはそろそろ帰るから、趣味の時間を楽しんで」

「うん、そうする。ありがと」

バイバイと手を振り合い、茉希は逃げるように本屋を出た。私はその後を追いかける。

「ねえ、どうするの？」

「どうするって、何が？」

無意識なのだろう、茉希が親指の爪を噛む。私はスカートの裾を摑むと、強く下へ引っ張った。

「国生愛美は偽者だったって、報告しないの？　他のタマリンに」

「しない。混乱を招くから。恵も内緒にしてて。これは、二人だけの秘密にしよう」

「でも、」

「ねえ、恵だって花の仇を取りたいんだよね？　優奈も、石黒くんも、久住京香に苦しめられた。じゃあ、私たちはここで止まれない」

茉希の言い分は痛いほどよく分かる。だが、目的が正しければどんな手段でも正当化されるのだろうか。私にはそれを正しいと言い切る勇気がない。

「少し考えさせて」

茉希の目に失望の色が混じる。先端が欠けた親指の爪が、彼女の苛立ちを訴えていた。

その晩、私は石黒くんへＬＩＮＥを送ることにした。放課後に国生愛美と会い、色々と見えてきたものがある。それを、私は確かめたかった。

扇風機の前に陣取り、私はＬＩＮＥを起動させた。

〈石黒和也〉

北村恵『突然だけどごめん。今日、国生愛美さんに会った』

北村恵『石黒くんを学年グループに誘った人』

向こうもスマホをいじっていたのか、返信はすぐだった。

石黒和也『そうなんだ、元気そうだった？』

北村恵『とっても』

北村恵『でも、国生さんはＬＩＮＥをやってないって。石黒くんは偽国生さんとどこで繫がったの？』

スマホの充電がそろそろなくなりそうだ。充電器を引っ張り出し、私はスマホにそれを差し込んだ。充電中のマークが点灯するのを確認し、私はふと息を漏らした。コードにつながれたスマホは当然逃げ出す素振りも見せず、ただ私の手のなかでじっと縮こまったままだ。

石黒和也『正直に言うよ。俺とあの国生さんのアカウントは、確かにグルだ』
北村恵　『グルって？』
石黒和也『俺も誘われたんだ。あの国生さんのアカウントに。見届けてくれって言われた、
　　　　　これから起こる出来事を』

画面の保護フィルムの表面には指紋がべったりと残っている。私はそれをシーツにこすりつけたが、画面は綺麗にならなかった。

北村恵　『じゃあ、石黒くんは最初から分かってたの？　タマリンが出てくることも』
石黒和也『うん、全部聞かされてた』
北村恵　『止めようとは思わなかった？』

石黒和也『もしも北村さんが俺の立場だったら、止めようと思う？　さんざん馬鹿にされて、踏みにじられて。それでも俺は許さなきゃいけない？　俺が久住さんを憎むことは許されないの？』

北村恵『石黒くんは、久住さんを憎んでるの？』

石黒和也『ずっとね。ただ、本人に言わなかっただけだよ』

その答えを見た瞬間、視界が一瞬にして開けたような感覚がした。ぐずぐずに腐っていた心臓に、爽やかな風が吹きぬける。そうだったんだ。石黒くんは、久住京香のことを憎んでいた。復讐したいと考えていた。私のこれまでの行動は独りよがりなんかじゃなかった。

私は正しい。だって、石黒くん自身が復讐を望んでいるんだから。

北村恵『その答えを聞けて良かった』

石黒和也『そう？』

北村恵『待ってて、石黒くん。私が絶対に石黒くんの力になるから』

石黒和也『そう言ってくれて嬉しいよ。ありがとう、北村さん。俺、そろそろ寝るね』

無料で配布されているスタンプが、私の画面に送られる。可愛らしいうさぎの絵に、私の頬は自然と緩んだ。おやすみ。そう書かれたスタンプを送り、私も部屋の灯りを消す。

真っ暗な部屋のなかで、液晶の画面だけが煌々《こうこう》と光を放っている。他にメッセージが届いていないことを確認し、私はスマホを切った。光源のなくなった室内は、瞬く間に闇に塗り潰された。

＊＊＊

〈マキ〉
北村恵　『昨日はゴメン。踏ん切りがついた』
マキ　『分かってくれたなら良かった』
北村恵　『私たちの目的は、久住さんをやっつけることだもんね。茉希の言葉が正しかった』
マキ　『そうそう。そこまでやらないとゴールじゃないよ！』
北村恵　『頑張ろう、ここまで来たんだから』
北村恵がスタンプを送信しました。

マキ　『みんなの為にもね』

＊＊＊

伊藤ゆいが退学したという知らせを聞いたのは、私たちが国生さんと遭遇した翌日のことだった。教師たちは家庭の事情と話していたが、その原因が例のＬＩＮＥでのやり取りにあることは周知の事実だった。

「伊藤さん、学校辞めちゃったんだね」

クリームたっぷりのフルーツサンドを咀嚼しながら、優奈が残念そうに肩を落とす。久しぶりに見た彼女の姿は、以前よりもやや膨らみが増しているような気がした。

それにしても、三人でこうして昼食をとるのも久しぶりだ。向かい合わせになった机の上には、小さな弁当箱が置かれている。私はタコ形に切られたウインナーを箸でつついた。どうにも摑みにくい。

「どうするのかな、これから」

優奈がつぶやく。茉希は飲み終わった野菜ジュースの紙パックを押し潰すと、赤いストローを燃えるゴミへと放り投げた。

「べつに、転校するか、高卒認定取って進学するか、そのまま就職するかのどれかでしょ。優奈が気にやむことないじゃん」

「うん、そうなんだけどね……でも、長谷川さんも学校休んでるし」

「優奈を馬鹿にしたやつがいなくなったんだよ？　ざまあみろでしょ」

茉希は得意げに鼻を鳴らした。「そうだね」とうなずきながらも、優奈の顔色は曇ったままだ。真っ白なパンからはみ出したキウイが、いまにも落ちそうになっている。その瑞々しい緑色は、見ているこちらの食欲をそそった。

「伊藤さん、ＬＩＮＥで言ってたよね。援交なんてしてない、一緒に写ってるのは父親で、たまたまホテルの前を通りかかっただけだって。あの言葉、本当だったんじゃないかなって思うんだ」

「そんなわけないじゃん。ごまかそうとしただけでしょ」

「でも、すっごく必死だったし。もしかしたらそうなのかなって思って。もしそうだとしたら、すっごくかわいそうだなって考えちゃって」

心底うんざりした様子で、茉希が大きくため息をついた。ビクリと優奈が身を縮こまらせる。

「優奈は何が言いたいわけ？」

「なんでもないよ。ごめんね茉希ちゃん」

「ならいいけどさ」

二人の会話を聞き流しながら、私はウインナーを口に運んだ。奥歯で嚙むと、ぶつりと皮が弾ける感触がした。


「これ、そろそろ図書室に返してきてほしいんだ」

そう言って花が差し出してきたのは、オレンジ色のトートバッグだった。中身をのぞき込むと、大判の生物大百科が入っている。以前に宇正がすすめてくれたものだ。

「結局どうだったの？」

「おもしろかったよ。私、動物好きだし。全部は読めなかったけど」

花はそう言って、机の上にある花瓶をなでた。茉希が来たときには整頓されていた部屋は、二週間もたたないうちにもとの乱雑さを取り戻している。花瓶のなかにあったカモミールはすっかりしおれており、ごみ箱のなかには変色した花びらが散っていた。

「借りてたことすら忘れてたよ」

私はバッグから図鑑を取り出す。巨大な図鑑だ。硬いページを、私は意味もなく捲《めく》る。本当に花はこの本を読んだのだろうか。

「そういえば、伊藤ゆいが学校辞めたんだって」

「まぁ、普通はそうするだろうね」

デスク前に置かれた椅子の上で体育座りをしたまま、彼女は勢いに任せてくるりと一回転してみせる。ろくに身支度していないボサボサの髪が、風圧に負けて微かに揺れた。膝の上に載ったクリーム色のブランケットは、微塵も揺れやしなかったけれど。

「長谷川律もあれから学校には来てないよ」

「久住さんの友達、ずいぶん減っちゃったんだね」

花の声音は、まるで他人事のようだった。膝小僧に顎をつけ、彼女は嚙みしめるようにつぶやく。

「本当に、いろいろ変わったんだね」

「うん、変わったよ」

ページを捲っていくと、図鑑の途中で不自然に開きやすいページがあった。そのページをよく見ると、うっすらと折り目が付いている。恐らく花は、ここを何度も繰り返し開いたのだろう。霊長目のコーナーには、色々な種類の動物たちの生態が事細かに書かれている。鮮やかなカラーで写っているのは、くりっとした瞳が特徴的なサルだった。『タマリン』

何げなく目に入った文字に、私は思わず息を呑んだ。

タマリンは、霊長目キヌザル科タマリン属に属する動物の総称らしい。中南米に棲息していて、熱帯雨林の樹上で生活している。外見は種によって異なっており、全身が黒い体毛で覆われている種から、黒、茶、白などで模様が形成されている種まで存在する。

「ねえ、恵。私、恵に隠してたことがあるの」

花の声が、私の意識を上滑りする。図鑑から目が離せない。

タマリンにまつわる話のなかには、興味深いものがある。二〇一〇年、ネコ科の小型肉食動物であるマーゲイの、とある変わった行動に関する研究結果が発表された。マーゲイは暗褐色の大きい目を持っており、その体毛には豹に似た美しい斑が並んでいる。彼らは木登りを得意とし、おもに樹上で生活している。

「本当はもっと早くに言わなきゃって思ってたんだ」

愛くるしいその見た目とは裏腹に、マーゲイにはずる賢い一面があった。獲物を引き寄せるために、その鳴き声を真似るのだ。マーゲイがタマリンの子供の声真似を行い、成獣のタマリンをおびき寄せようとする姿が報告されている。

「でも、なかなか言い出せなくて。一人でいる間、ずっと苦しかった」

タマリンと共に写るネコ科の生き物。華やかな見た目をした、残酷な生き物。

「恵。私ね、」

久住京香はマーゲイだ。狡猾に子供のフリをし、手を差し伸べてくれる大人たちを次々と自分の養分にしていく。そして本当の弱者であるタマリンたちは、マーゲイの餌食にならないよう教室の隅に集まってじっと息を殺すしかなかった。大人たちは私たちを守ってくれない。だから、私たちはマーゲイの身勝手な振る舞いにも黙って耐えることしかできなかったのだ。

――あの日、『タマリン』と名乗る正義の味方が現れるまでは。

「私が、『タマリン』をやろうって言い出した。国生愛美の偽者は、私なんだよ」

今にも泣きそうな表情で、花が微笑む。私は図鑑を閉じ、椅子に座ったままの彼女を見上げた。偽国生愛美は、どうして最初に茉希に声をかけたのか。どうしてここまで久住京香に固執していたのか。スマホを複数台持ち、パソコンがあり、いつも家にいてネット環境に恵まれている。本当は私だって分かっていたはずだ。

花以上に、タマリンに適した人間はいない。

「ごめん」

「どうして謝るの」

「嘘を吐いてたから」

「どうして嘘を吐いてたの」

「恵に、嫌われたくなかったから」

「どうして今、私に打ち明けようと思ったの」

「本当は、成功してから言おうと思ってたの。久住京香がいなくなってから言おうって。だけど、国生さんが偽者だって思いのほか早くバレたから」

「だから今？」

「うん。『タマリン』はずっと温めてた計画だったの。上手くいく機会をずっと窺って、材料が集まるのを待って、それで、計画に移した。別人になりすまして」

「材料っていうのは、あの痴漢冤罪の動画？」

「そうだよ。あれさえあれば、久住京香を追いつめられると思った」

花の言葉通り、タマリンたちは動画を晒すという方法で京香に一矢報いた。いま思えば、久住京香グループの崩壊はあの動画から始まった。

「あの動画、実はね――」

そう言って、花は私にどうやって動画を入手したかを説明した。京香のツイッターにアンチがURLを貼っていたのを偶然見つけたという説明は、今思えば都合が良すぎた。もしも本当にアンチがそんな動画を京香のコメント欄に貼っていたのなら、彼女が事前に気付いていないとおかしい。

「……そうだったんだ」

真実を知り、私はただ頷くことしかできなかった。「私のこと、嫌いになった？」と花が聞く。だが、嫌いになんてなるはずがない。花はただ、タマリンとして最も効果的な行動を考えていただけだ。私を傷付けようとしたわけじゃない。

あの動画で、全ては変わった。弱者とあなどられ、京香にさんざんな目に遭わされた花の手で、ヒエラルキーは破壊されたのだ。

「花、」

名を呼ぶと、彼女はこちらに顔を向けた。肘かけからだらんと落ちているその手を、私は静かに拾い上げた。指先をつなぐと、花は後ろめたそうに足の裏をこすり合わせた。

「どうして、石黒くんを巻き込んだの」

「それは……。それは、石黒くんがいれば、恵が絶対に味方してくれると思ったから。恵は良い子だから、私一人の為だけにタマリンの計画に乗ることはないと思った。だから、」

「どうやって石黒くんを見付けたの」

「ネットで偶然」

「そんなことありえる？」

「ありえたの」

「他に、私に嘘はない？」

「うん」

花が目を伏せる。花は演技が上手いから、それが嘘なのか本当なのか私には分からない。それでも、私は花を信じようと思った。花は絶対に私を傷付けない。これまでも、これからも。ずっと私の味方でいてくれる。ならば今度こそ、私が彼女の支えになるべきなのだ。

ほっそりとした花の手を私は強く握りしめる。自分の体温が彼女に少しでも伝わればいいと思った。

あの冬の日、孤独に泣く私に、彼女がしてくれたように。

「明日、一緒に学校に行こう」

ひゅっと花の細い喉が鳴った。見開かれた瞳が、大きく揺らぐ。その太ももの上にある柔らかなブランケットは、卵の殻と似た色をしている。いつもベッドの上で包まる、かけ布団と同じ色。

「久住京香が学校にいて、花がこの部屋に一人でいる。そんなの、私はおかしいと思う。私は花と一緒にいたい。一緒に、過ごしたい。花が戦ってきたのなら、なおさら」

花が学校に来なくなってから私は花の意思を尋ねるばかりで、自分の意思を伝えたことは一度もなかった。無理強いしたくないという気持ちは本当だった。だけどそれ以上に、自分の気持ちを伝えることが怖かった。この生ぬるく居心地のいい二人だけの世界を、失うのが怖かった。殻のなかに閉じこもっていたのは花だけじゃない。私だって、同じだ。

「石黒くんのときは、私、臆病で何もできなかった。だけど、勇気を出すよ。久住京香がいたって、私が一緒にいる。ついててあげる。だから、お願い」

花がびくりと身を震わす。その手を逃さぬよう、私はさらに力を込めた。細い指先に血が巡り、白い皮膚がうっすらと朱に染まる。私は花の顔をまっすぐに見つめると、感情のたかぶりに任せて告げた。

「ここから出よう」

カモミールはすでに散った。そこに残されているのは、しなびてしまった緑色の茎だけだ。こらえるように、花が唇を噛みしめる。それでも抑えきれない嗚咽が、その隙間からこぼれ落ちた。目の縁から流れ出した涙が、あの日の雪のように音もなくブランケットに吸い込まれる。花は顔を上げ、自身の目元を乱暴にこすった。赤く腫れ上がった瞼を隠そうともせず、彼女はまっすぐにこちらを見た。しゃんと背を伸ばした拍子に、その膝からブランケットが落ちていく。未練などまるでないとでも言うように、花はそれを一瞥すらしなかった。

「うん」

うなずき、彼女はゆるりとその唇を綻ばせる。こうして満面の笑みを浮かべる彼女の姿を見るのは、いったいいつ以来だろうか。湧き上がる喜びの感情をこらえきれず、私はそのまま花に思いきり抱きついた。昔と変わらぬTシャツを着ている彼女からは、うっすらと汗の匂いがした。

＊＊＊

〈石黒和也〉
北村恵　『石黒くん、おはよう』
北村恵　『お願いがあるんだけど、今日、学年LINEを見ててほしい』
石黒和也『おはよう。それはいいけど、どうしてか聞いてもいい？』
北村恵　『敵討ちだよ。今日、私は石黒くんの仇を討つ』

＊＊＊

当たり前を当たり前に続けることは難しい。通学路を歩き、下駄箱に靴を入れ、廊下を進み、教室の扉を開ける。学校に通うとは、同じことの繰り返しだ。

「花、大丈夫？」

教室の扉を開ける前に、私は花を振り返った。いつもより三十分近く早い時間に着いたせいか、校舎に人けはほとんどない。聞こえてくる生徒の声は、ほとんどが朝練中の運動部のものだった。

「平気」

そう言っているが、花は不安そうに黒色のスマホを握り締めていた。季節外れの長袖のカッターシャツは袖がまくられ、そこから彼女の白い肌がのぞいている。陽の光を長いあいだ浴びなかったせいだろう、肉のない青白い腕はどこか作り物めいて見えた。

人の少ない時間に教室に行きたいと言い出したのは花だった。早朝、花の家に行った私を、花の家族は笑顔で迎え入れてくれた。「ありがとう恵ちゃん」そう花の母親に言われた時は、正直泣きそうになった。だが、まだ泣くわけにはいかない。決戦は、これからなのだから。

手に力を込め、教室の扉を開ける。クリーム色のカーテンが、朝日の満ちる教室に翻った。何も書かれていない、汚れのない深緑色の黒板。その前に、宇正は立っていた。両手に黒板消しを装着した状態で。

「おはよう！」

まるで普段と変わらぬ態度で、宇正は言った。私は壁に掛かった時計を見上げる、時刻はまだ七時三十分だ。一番乗りだと思っていたのに、当てが外れた。

「宇正、まさかいつもこの時間に来てんの？」

「そうだよ！　ボクのルーティーンなんだ。朝に教室を綺麗にして、その後図書室の本の整理を手伝う」

「あぁ、だからいつも結局教室に来るのが遅いんだ」

「ボク、皆が喜ぶのが好きだから」

ニコニコと無邪気に笑う宇正に、花も脱力したように笑みを零《こぼ》した。

「おはよう、宇正くん」

「おはよう佐々木さん！」

壊れたスピーカーみたいな大音量だった。宇正がブンブンと両手を振る度に、チョークの粉が舞っている。

「クラスメイトが戻って来てくれて、ボク、とっても嬉しいよ！」

「あぁ、うん……」

「久しぶりの学校生活で困ったことがあったらなんでも言ってね。ノートだって写させてあげるし、おすすめの本だって教えてあげられるよ。ほら、ボクと佐々木さんって、本の趣味が合うみたいだからさ！」

捲《まく》し立てる宇正に花は圧倒されているようだった。苦笑を浮かべる友人を見かねて、私は二人の間に強引に割り込む。

「宇正、すごくありがたいけど、ちょっと声量落としてね。花がびっくりしてる」

こちらの指摘に、宇正はその瞳をぱちりと大きく見開いた。

「あぁ、ゴメンゴメン。驚かせるつもりはなかったんだ！　ただ、ボクはとってもうれしくて、」

「その気持ちはわかったから。ほら、花。まずは席に荷物置こっか」

いまだに話し続けようとする宇正を遮り、私は教室の隅に置かれた机へと花を案内した。花のために用意されていた空っぽの机は、これまで一度も使用されたことがない。傷ひとつない机の表面をそっと指でなでて、花は静かに破顔した。

「なんか、実感しちゃう。私、本当に戻ってこれたんだ」

「うん。そうだよ」

黒色のスクールバッグが、机へと置かれる。花は音もなく椅子を引くと、ゆっくり着席した。制服に身を包んだ彼女は、教室の風景にすっかり溶け込んでいる。教室の空気はまるで当たり前だといわんばかりに彼女を平然と受け入れていて、その単純な事実に私はツンと鼻の奥が刺激されるのを感じた。目を閉じると、瞼の裏には部屋に閉じこもっていたころの、自堕落な花の姿がある。あの居心地のよい世界から、彼女はこうして一歩足を踏み出してくれた。それはきっと、とても勇気のいることだったに違いない。今度は、私が勇気を出す番だ。

決意を確かめるように、私はポケットに入ったままのスマホを強く握りしめた。

「花！」

後方から響いた声は、茉希のものだった。その後ろには、目を潤ませている優奈もいる。花が今日から学校に来ると、二人には昨日ＬＩＮＥで伝えておいたのだ。

「二人共、心配かけてごめんね」

「いいんだよ、そんなの！」

茉希は足早に花のもとまで駆けてくると、興奮した様子でばたばたとその場で足踏みした。

「本当よかった！　ずっと待ってたんだからね」

「よかった、本当に……」

感極まったのか、優奈は言葉を詰まらせると、グスグスと鼻をすすり始めた。慌てて花がポケットティッシュを差し出すと、優奈はさらに泣き始め、しまいには花へと強く抱きついた。なんとも微笑ましい光景に、茉希が愉快そうに口角を上げる。

「これで全員だね。全員揃った」

「そうだね」

花も優奈も、教室へ帰ってきた。正しい世界はもうすぐそこだ。

「ねえ、盛り上がってるところ悪いんだけど、スマホ落としてるよ佐々木さん！」

いつの間に移動していたのか、宇正が見せびらかすように花のスマホを振り回す。「えっ」と花が慌てて自身のカッターシャツの胸ポケットを押さえた。

「こういうのって、ロック機能とかないの？」と宇正が首をかしげている。

「あ、ごめん宇正君。さっき落としたみたい。直前まで使ってたから、ロックが掛かってなかったのかな」

「そうなんだ。ボク、スマホ持ってないからよく分かんなくて」

「中身、見た？」

「ウン、ちょっとだけね」

ハイ、と宇正が花へスマホを手渡す。もしかして、タマリンのグループを宇正に見られてしまったのだろうか。私は茉希に目配せする。スマホを持っていない宇正は、タマリンについてよく知らないはずだ。

「それにしても、佐々木さんのスマホのメニュー画面ってごちゃごちゃしてるんだね。ボク、おじいちゃん用のスマホしか触ったことないから何がなんだかよく分かんなかったよ」

アッハッハ、と彼は馬鹿みたいに快活な声で笑った。良かった、バレてない。私と茉希は、宇正に合わせるように笑い声を上げた。

「ところで佐々木さん、ボクが選んだ図鑑、どうだった？」

その問いに、花は答えた。

「とっても役に立ったよ」


机の横に吊るされたオレンジ色のトートバッグのなかには、昨日花から預かった生物大百科が入っている。放課後に二人で一緒に返しに行こうと約束した。

机の下で、私はスマートフォンに触れた。窓際の席では茉希の隣に座る花が黙々とノートを取っていた。

「ここ、とっても重要よ。次の期末テストに出るからね」

清水先生がコンコンと黒板をチョークで叩く。チョークの先端が衝撃で砕け、白い粉が舞う。国語の授業は一時間目にあるため、睡魔に負けて机の上に突っ伏している生徒の姿もちらほらと見受けられた。

花が登校してきたことに対する反応は様々だった。仲の良かった友人たちは祝福してくれたし、それ以外の生徒は遠巻きに彼女を眺めていた。肝心の京香は一瞥をくれただけで、何の反応も見せなかった。わざと無視しているように、私には思えた。

そして担任の清水先生は、過剰なほどに喜んでみせた。「佐々木さん、学校に来てたの？親御さんも事前に話してくれたら良かったのに、もう、先生ビックリしちゃった。きっと戻って来てくれると信じてたのよ」朝のホームルームでそう一方的に捲し立てた先生の笑顔は、一生忘れられないだろう。安堵と焦燥の入り混じった、醜い大人の顔。

「先生が高校生の時もこの話を教科書で習ったんだけど、大人になって読み返すと感じ方が違ったりするのよね。小説っていうのは、それを受け止める側の状況で作品評価が変わったりもする。理解できなかった作品がある日を境に面白く感じたり、面白いと思ってた作品が突然陳腐なものに思えたり」

独りよがりな先生は、流暢に言葉を紡ぎながら黒板に文字を書き進めていく。窓の隙間から吹き込んだ風が、カーテンを大きく翻らせる。ノートのページが勝手にめくれ、私は眉間に皺を寄せた。大きく膨らむカーテンの端っこをつかみ、タッセルで無理やりに束ねる。ふとそこで、視界の端っこにスマホを手に顔を見合わせる生徒たちの姿が引っかかった。

——時間だ。

私はすぐさまスマートフォンを取り出す。辺りを見渡せば、皆が教師に隠れるようにしてスマホをいじっていた。開くのはもちろん、『石黒くんを待つ会』のグループ画面だ。

〈石黒くんを待つ会（158）〉

『ゆっちが参加しました』

ゆっちが画像を送信しました。

ゆっちが画像を送信しました。

ゆっちが画像を送信しました。

ゆっちが画像を送信しました。

ゆっちが画像を送信しました。

ゆっちが画像を送信しました。

大量に並んだ画像はすべて、伊藤ゆいが送信していた。一枚ずつ開いてみると、それらはすべてＬＩＮＥのトーク画面をスクリーンショットで撮影したものだった。そのなかには私が見たことのないＬＩＮＥグループも混在している。

〈キョーカとゆかいな仲間たち（7）〉

キョーカ『もうほんとキモイキモイ、ありえないんですけど』
りつ　『どうしたの？』
キョーカ『石黒に告白されたの！　うぎゃあ！』
良久　『それは精神的ショックがすごすぎる笑』
キョーカ『あ、ミスった。クラスLINEに誤爆した』
あーたん『石黒の心の傷をこれ以上えぐるのはやめてあげなよー笑』
ゆっち　『っていうか、石黒は何を思って告白したんだろ？』
キョーカ『いや、ほんとソレ』
Haru　『普通に好きだったんじゃないの？』
山下雄大『でも合宿中に普通告白するか？　気まずくなるじゃん』
良久　『そこまで考えてなかったんじゃね？　せっかくのスキー合宿だしってノリかも』
キョーカ『っていうかもう、ほんとショック』
キョーカ『何を根拠にいけると思ったワケ？』

キョーカ『お前とこっちじゃ人間のランクが違うだろおおお！』

あーたん『性格がね笑』
りつ　『いくら美人でも笑』
ゆっち『そしたらたっくんも私のこともっと大事に扱ってくれるんだろうなあ』
ゆっち『あーあ、私も京香ぐらい美人だったらなあ』
〈ゆりあんぬ（3）〉

〈キョーカとゆかいな仲間たち（5）〉
良久　『ああやって匿名でしか攻撃できないかわいそうなやつなんだよ』
りつ　『ほんとう嫌だよね、ああいうの！』
キョーカ『っていうか、こっちを分断させるのが向こうの狙いじゃない？』
キョーカ『山田と山下みたいに』
あーたん『それ言えてる』
りつ　『そうだよ！　分断作戦だと思う！』
ゆっち『いまここにいるメンバーは裏切らないようにしようね』

ゆっち　『何があっても信じよ』
キョーカ『もちろん。だって私ら、友達じゃん！』

〈石黒くんを待つ会（－6－）〉
ゆっち　『キョーカは私のパパに会ったことあるよね？』
ゆっち　『こいつらに本当のこと言ってやってよ』
キョーカ『えっ、会ったことあったっけ？』
タマリン『ウケる笑　友達に裏切られるとかダサすぎ』
タマリン『言い訳しっぱい。残念でした』
タマリン『せめてそこは連携しっかりとっとけよ。ウケるわ』
ゆっち　『キョーカ、ひどいよ』
キョーカ『いや、ひどいとかじゃなくて、本当に覚えてない』

〈ゆりあんぬ（3）〉
ゆっち　『あの日からさ、家でずっと泣いてる。ほんと悲しい』
ゆっち　『京香は最初から、私のこと友達と思ってなかったのかな』

りつ　『そんなことないって！』
あーたん『ただちょっと、あの子って悪気ないままヒドイことしちゃうんだよね』
あーたん『無自覚で性格悪いからさ』
ゆっち　『裏切らないって約束したのに』
ゆっち　『どうして私がこんな目に遭わなきゃいけないの？』

〈ゆりあんぬ（3）〉
りつ　『私、ずっと考えてたんだけどさ、これってキョーカのせいじゃない？』
ゆっち　『私もそう思ってた』
ゆっち　『だって、最初にタマリン言ってたもん。久住京香を許さないって』
りつ　『キョーカのせいでこんな目に遭ってるんだよ』
りつ　『絶対そう』
あーたん『私もキョーカといるの疲れちゃった』
りつ　『こんなことなら、最初から友達になんてならなきゃよかったなぁ』
りつ　『そしたら変に目立つこともなかったし』
あーたん『本当そうだよね』

りつ　『あのとき山下と一緒にグループ抜けておけばよかった』
りつ　『私、キョーカが嫌いだ』
りつ　『ほんと、顔も見たくない』
あーたん『私も』

〈石黒くんを待つ会（ー55）〉

『りつが退出しました』

『あーたんが退出しました』

『ゆっちが退出しました』


大量のトーク画面を貼りつけた伊藤ゆいは、出現したときと同じ唐突さで学年グループを退出した。グループ内は沈黙を保っており、そこに書き込む者はいない。田代だって、久住京香だって、この画面を見ているはずなのに。

「このフレーズはとても重要ね。ちゃんと赤線でマークしておいて。どうして彼がこんな行動をとったのかを解き明かすうえで、とても大事な手がかりだから」

清水先生の声が、静寂の満ちる教室に落ちていく。誰も動かない。誰も何も言わない。続く言葉はなく、既読者のみが音もなく増加していく。そこに落とされる、ひそやかな笑い声。誰かが誰かの肩を小突き、スマホの画面を指差す。ちらちらと振り返る平凡な生徒たちが、孤独な女王様をあげつらう。

久住京香の額から、ひと粒の汗が滴った。ネイルの光る手で口元を押さえ、彼女はその場で前かがみになった。ブラウンのペンシルによって整えられた眉が、苦しそうに寄せられている。

「あら、久住さん大丈夫？」

振り返った清水先生が、驚いたように目を見開いた。京香の顔色はいまや蒼白で、その状態が悪いことは明らかだった。

「具合が悪いなら保健室に行ったほうがいいわ。誰か付き添ってくれる人いるかしら」

清水先生の言葉に真っ先に反応したのが田代だった。「俺が付き添う」その言葉に、京香は目を伏せたまま頷いた。

久住京香の弱点は、彼女に群がる友人たちだ。京香が何より固執し、綺麗な言葉で縛りつけていた友人たちは、あまりにも呆気なく京香へと牙を剝いた。いま彼女がすがれるのは、目の前の田代しかいない。

「ねぇ、本当に田代でいいの？」

教室の空気が一瞬にして凍りついたのがわかった。田代の顔から、血の気が引いていく。額には汗がにじみ、彼の日に焼けた皮膚の上を音もなく滑り落ちていく。半袖のカッターシャツからのぞく筋張った腕は意味もなく折り曲げられ、その指の先端に着目すると、微かに震えているのが見て取れた。

京香が息を呑む。声の主は、私だ。私が言った。

「久住さん、田代は裏切り者だよ？」

「なに言って、」

「お前ふざけんなよ！」

席を立ち上がった田代が、そのまま私の胸倉をつかんだ。力のままに壁へ押し付けられ、私は息苦しさに顔をしかめた。椅子が倒れ、けたたましい音が鳴る。

「ダッサ」

ぽつりと落ちた声に、田代が動きを止めた。クラスメイトは誰も席から動いていなかった。きちんと席に着き、机に向かい、皆が教科書を手にしている。お手本のような授業風景だ。ただひとつ、異物である京香たちの存在を除いては。

「ああやって暴力をふるうしかないんだね」

「恵がカワイソー」

「暴力はよくないと思います」

「仕方ないよ、脳味噌がないから」

「ああやって久住京香にくっついて王子様気取りなんだよね」

「久住は田代のことなんて眼中にないのにさ」

「暴力をふるう自分に酔ってるんだよ、恥ずかしー」

場を、空気が支配する。教科書で口元を覆い隠し、生徒たちは一様にクスクスと笑い声を上げる。個性は失われ、生徒たちは空気を作り上げるための存在にすぎなくなる。

目の前に広がる異様な光景に、田代はごくりと喉を鳴らした。シャツをつかんでいた手から力が抜け、私の身体はずるりと床へ抜け落ちた。

「なに笑ってんだよお前ら」

田代が椅子を蹴り飛ばす。教卓の前で、清水先生が短く悲鳴を上げた。

「やめろって言ってんだろ！」

うなるように叫んだ田代に、笑い声はぴたりと止まった。表情を隠したまま、生徒たちが一斉に田代のほうを見やる。その視線に気圧されたように、田代は一歩後ずさりした。

「ちょっとみんな、いまは授業中よ？　とにかく落ち着いて、いったい何が起きてるの？」

「何でいきなりみんな教科書持ち出したの？　というより、タマリンって何？」

困惑を隠せない清水先生の声に、返事をしたのは宇正だった。クラスメイトの変わりようについていけないのは彼も同じだったようだ。クラスメイトたちの嘲るような笑い声が、狭い立方体の空間を揺らした。しかし、清水先生は口を挟まない。みんなから人気のある清水先生は、子供に逆らうことを恐れている。タマリンに支配されたこの空気を打ち破る気概など、彼女が持ち合わせているはずもなかった。

「宇正は知らなかったんだもんね、LINEグループで何があったか」

乱れたシャツの襟を正し、私は大きく呼吸した。汗を掻く手の平を握り締める。ここまでは全て作戦通りだ。

「久住さん、気分はどうかな。自分がやってたことをやり返されて、どう思った？」

俯いていた京香が、静かに顔を上げる。その前髪の隙間から、彼女は私を睨みつけた。

「アンタの仕返しってワケ？　律たちがあんなひどいことしたのも、アンタが仕組んだせい？」

「私じゃない。提案したのはタマリンだよ。可哀想だね、久住さん。でも、裏切ったのは私たちじゃない。向こうだよ」

長谷川律たちと手を組む計画を立てたのは花だった。学校に行くと決心した直後、花と茉希と私は三人のLINEグループで作戦会議をした。「敵と手を組むなんて」と茉希は反対したし、「そもそも向こうが乗ってくる？」と私は懐疑的だった。だが、花の思惑通り、向こうはタマリンに味方した。計画に乗り、久住京香を傷付けることを選択した。

「田代もタマリンなの？」

京香の問いに、田代はあからさまに狼狽《うろた》えた。「タマリンって何なんだ」と一人でぶつぶつ言い続けている宇正に、横のクラスメイトが小声で解説を入れていた。

「アンタも私を裏切ったの？　さんざん私を守るとか言って？　それで、最初からアイツらと手を組んでたってワケ？　どの口で私のこと好きとかほざいてたの」

京香が吼える。黙りこくった田代の代わりに、口を開いたのは花だった。彼女はゆっくりと、二人の元へ歩を進める。

「田代くんはタマリンじゃないよ」

「は？」

「だけど、タマリンだと思われた方が田代くん的にはマシかもしれない」

意味が分からない、そう京香の顔に書いてある。花は震える指で田代の顔をさした。

「田代くんは――」

「脅されたんだ！」

花の声を遮るように、田代が声を張り上げた。

「俺は脅されたんだ！　だから、だから！」

「田代君が盗撮犯だよ。久住さんが痴漢されたところを盗撮した犯人は田代君なの」

花の言葉に、田代は膝から崩れ落ちた。床に這いつくばる彼の姿は、惨めったらしくてサイコーだった。

「嘘でしょ」

震える声で、京香がつぶやく。見開かれた両目に映る感情は、目まぐるしく変わっていった。驚愕、動揺、不安、軽蔑……そして、怒りだ。

「アンタのせいじゃん、全部！　勝手にキモイことやって、勝手に私を裏切って！」

「ただ俺は、脅されただけで」

首を左右に振りながら、田代が立ち上がる。呂律が上手く回っていない、動揺を隠せないのだろう。

「脅されたって誰に」

「石黒に！」

叫んだ田代の言葉に、一番激しく反応したのは宇正だった。

「和也だって？」

「そうだよ！　石黒からＬＩＮＥが来たんだ。盗撮してるところを目撃した、犯人だとバラされたくなければ動画データを寄越せって」

それが昨日、花が私に教えてくれた真実だった。盗撮現場に偶然居合わせた石黒くんが田代から動画を得て、同じく久住京香の被害者であった花へと共犯を持ちかけた。そして、二人の復讐が始まったのだ。

花が口早に言う。

「田代くんの言う通り、石黒くんがデータをくれたの。だから私は、ＬＩＮＥグループにあの動画を貼り付けた。タマリンとして久住さんに復讐するために」

その瞬間、田代は大きく腕を振り上げた。血走った彼の両目は、まっすぐに花を捉えている。まずい、咄嗟に私の身体が動いたのよりも早く、教室に鈍い音が響いた。

「宇正くん！」

花が悲鳴を上げる。二人の間に割って入った宇正が、田代の拳で吹き飛ばされたのだ。

「俺じゃねえ！　コイツが勝手に割って入って来たんだ、コイツが……」

田代がハクハクと唇を動かす。腕の先端まで意識が届いていないのか、潔白を訴えるように動かされた手の先が机に思いきりぶつかった。それでも痛みに気付いていないのか、田代は身振り手振りを続けていた。

床に倒れ込んでいた宇正が、頬を押さえたまま上半身だけを起こす。

「田代くん、落ち着いて」

「あぁ？」

警戒心を剝き出しにする田代に対し、宇正はぎこちのない笑みを浮かべた。細くか弱い宇正が手を伸ばすだけで、田代はびくりと身を硬くする。その姿はまるで、捕食者を前にしたか弱い小動物のようだった。

「僕はよく分かってないけど、これは佐々木さんたちの復讐なんだろ？　じゃあ、君は耳を傾けるべきなんじゃないか。佐々木さんたちが一体何を求めているのか」

「そんなの聞いてどうするんだよ」

「両方の話を聞かなきゃ、どちらが正しいか分からないだろ？」

「でも、俺は裏切られたんだ。動画を渡したら俺のことは秘密にするって、そう、約束したのに……」

そう告げる田代の声は、あまりにも弱々しいものだった。大人に叱られた子供のように、彼はその巨大な身体を小さく縮こまらせている。

「田代って、マジもんのクズだったんだ」

京香が吐き捨てるように言った。田代は反論しなかった。

「それで、佐々木さんはここまで大騒動にして、結局どうしたいの。何を求めてこうなったの」

　腫れた右頬を押さえたまま、宇正が花を見上げる。強く強く、花は自身の手を握り締めた。

「謝って欲しい」

「はぁ？」と京香が鼻で笑う。花は自身の手を握り締めたまま、京香をまっすぐに見つめた。

文句があるなら直接言えとせせら笑った、かつての京香の言葉に従って。

「ごめんなさいって、他人の人生を狂わせてすみませんでしたって言って。久住さんが楽しい学校生活を送る権利を持ってるのと同じように、石黒くんも、私も、優奈も、皆、同じ権利を持ってるんだよ。誰かに脅かされず、ただ一人の人間として生きていく権利を」

　京香の両目が見開かれた。散乱した椅子に手を置き、京香はよろよろと立ち上がる。

「でもそれは、アンタらが追い出した奴らにだって同じことが言えるはずでしょ。律たちにだって、平和に生きる権利があった！」

「他人を散々馬鹿にしたくせに？」

「やってることは同じじゃん。ねぇ、ずっと楽しかったでしょ。自分たちの正義で、相手を殴りつけるのは。秘密を暴いて、他人を傷付けて。アンタらの方がよっぽどクズだよ」

「何で謝ってくれないの！」

「私は謝らない。ここまでされて、なんで謝らなきゃいけないの。私はアンタらに許されなくたっていい、私だってアンタらを許さないから。私を追い出したいならそうすればいいよ。こんなクソみたいな場所、私の方から願い下げ」

落ち着き払った仕草で、京香は自身の前髪を掻き上げる。赤いマニキュアでコーティングされた艶やかな爪は、どこか私に血の色を連想させた。

「宇正」

呼び掛けられた宇正が首を傾げる。その反応に、京香はふと笑みをこぼした。

「アンタが無関係で良かった」

「え？」

「私、今日で学校辞めるから。これで邪魔者はいなくなったもんね？　めでたしめでたしじゃん。それじゃ、サヨウナラ」

鞄も持たず、京香は教室から出ていった「逃げるのか卑怯者」と茉希が廊下に向かって叫んだが、京香は戻ってこなかった。「言っておくけど、こっちの勝ちだから」茉希の声が廊下に反響し続ける。それに反応したのは京香ではなく、隣のクラスで授業中だった保健体育の山中先生だった。

「お前らは一体何してるんだ！　さっきから騒がしすぎるぞ」

教室に駆け込んできた先生はまず乱れた教室を見回し、それから頬を押さえたままの宇正を見た。外部の人間の突然の登場に、教室の空気が静まり返る。

山中先生は、席に座ったままの清水先生を見て、露骨に眉をひそめた。

「まさか清水先生がいるのにこんな騒ぎになっているなんて。先生は何をやっているんですか、座って見てるだけだなんて」

「す、すみません」

「おい、宇正、お前殴られてるじゃないか。誰にやられた？」

山中先生はずかずかと室内に入り込むと、倒れたままの宇正の腕をつかんだ。

「え、いや、それは……」

「田代がやりました」

言い淀む宇正の代わりに、答えたのは茉希だった。山中は田代をにらみつけると、大きくため息をついた。

「田代、お前なに馬鹿なことやってるんだ。授業中に友達を殴るなんて、停学は免れないぞ」

田代はその場でうなだれていた。それを見かねてか、慌てた様子で清水先生が立ち上がる。

「違うんです、田代君はひどいことを言われたようで――」

「清水先生、」

茉希の冷ややかな声音が、耳障りな女性教諭の声を遮った。茉希は席から立ち上がると、清水先生に向かってゆっくりと歩き出した。

「清水先生は優しいから、手を上げた生徒の気持ちも気遣ってしまうんですね。その気持ちはすごくわかるし、こうやって田代くんのことを心配する気持ちというのはとても素晴らしいと思います」

でも、と彼女はわざとらしく首を傾げてみせる。

「皆が話していた内容は、友人同士の会話の範囲内だったじゃないですか。ほら、よくあるでしょう？　当人同士は冗談のつもりなのに、周りが勝手にいじめだと思い込んで大騒ぎしてしまうことって。そういうの、よくないと思うんですよね。彼らは普通に会話していて、そこで突然、田代くんが宇正くんを殴った。田代君は完全な加害者なんですよ」

「そんな、」

息を呑む清水先生に、山中先生は困惑した様子で頭をかいた。

「あー、なんかややこしいことになってるな。おい、何があったんだ？　お前、見てたんだろう？　どう思う？」

指をさされた生徒は、平然とした面持ちで答える。

「田代がいきなり宇正を殴ったんです」

「お前は？」

「私も見てました。宇正くんがかわいそうでした」

「お前は？」

「みんなが見てました。田代がいきなり暴れたんです」

示し合わせたかのような回答に、山中先生は呆れたような視線を清水先生へと向けた。

「ほかの生徒もこう言ってるでしょう。前から思っていましたが、清水先生は一部の生徒に情けをかけすぎるところがある」

「……すみません」

肩を震わせ、清水先生は謝罪の言葉を口にした。その刹那、教室の端のほうから優奈の悲鳴が聞こえた。見やると、田代が腹部を押さえたまま倒れ込んでいた。周囲の生徒がざわつくのを、山中先生は手をかざすだけで制した。

「田代は俺が保健室まで運ぶ。清水先生は宇正を保健室へ連れて行くように」

「はい」

「ほかの生徒は教室を元に戻して、しばらく自習してろ。他のクラスの迷惑になるから、静かにしておけ」

そうきびきびと指示を出し、山中先生たちは教室をあとにした。彼らが本当にこの場を離れたか、茉希が扉から顔を出して確認する。首だけを外に突き出すような間の抜けた姿を笑うものはいなかった。

数秒後、茉希がこちらを振り返る。その顔が、ニイと笑顔にゆがんだ。

「邪魔者は、全部いなくなったよ」

その瞬間、教室内は歓声に包まれた。大きな目的を成し遂げたかのような、妙な達成感。皆が興奮気味に周囲の生徒たちと話し出し、室内は一気に活気づいた。人と人の会話の波をくぐり抜けるようにして、茉希がこちらへと近づいてくる。

「ミッションコンプリート！」

そう言って、彼女はA４の紙にまっすぐな線を引いた。田代良久。清水奈々子。並んだ名前が、完全に黒のマーカーで塗り潰される。そのとき、スマートフォンがふるりと震えた。LINEの通知だ。教室にいた生徒たちが、一斉に画面に釘づけになる。そこに表示された機械的な文字列は、この長い闘いの終わりを示していた。

〈石黒くんを待つ会（−５３）〉

『キョーカが良久を退出させました』

『キョーカが退出しました』

＊＊＊

その日は一日中、皆が浮足立っていた。田代は暴力で停学処分になりそうだし、清水先生は恐らく長期休暇に入るだろう。久住京香は知らない。だが、彼女がどうするかは重要じゃない。

重要なのは、彼女がこの教室にいないという事実だ。

「はー、お腹空いた。ご飯食べよー」

昼食のチャイムと共に、茉希が机を寄せて来る。隣には花がいて、正面には優奈がいる。四人揃っての昼食は今後、私たちにとって当たり前のものになる。私は京香から、ようやく日常を取り返すことができたのだ。

「茉希ちゃん、今日はフルーツサンド？」

シュークリームの包装を剝いでいた優奈が、茉希の机を指さした。

「ふふ、お祝いしようと思ってマツイで買ったんだ。なんせ、今日は決戦日だったから」

「あー、そういえば最近食べてなかったね。私にも一口頂戴」

「仕方ないなぁ」

サンドイッチを三分の一ほどちぎり、茉希が手渡してくる。今日の具は苺だった。

「花ちゃんも、色々とお疲れ様」

優奈に微笑みかけられ、花は照れたように頬を掻いた。「いやぁ、最大の功労者は花だよ」と茉希がサンドイッチを頬張りながら喋っている。

「石黒くんも喜んでるんじゃないかな、仇討ちできてさ」

私の言葉に、花がもにゃもにゃと唇を動かした。照れているのだ。

「さーてと、それじゃ、タマリンの集会所は消しちゃおうか」

「目的は達成したしね」

「そういうこと」

茉希がスマホを操作し始める。タマリンの集会所として使われていたグループも、ずいぶんと人数が減っている。久住京香という共通の目的が消え去ったいま、このグループが存在する意味はなくなったのだろう。

「ちょっと寂しいけど、このタマリンのアカウントも消しちゃうね」

花の言葉に、茉希は悪戯っぽく笑ってみせた。

「もう、正義の味方は必要ないからね」

「言えてる」

笑い合うこの穏やかな空間こそが、皆が取り戻したいと考えていた学校の姿だった。誰からの抑圧も受けない、皆が平等に扱われる、理想郷。邪魔者はすべて排除し、正しい人間だけがこの空間に残される。

「北村さん、ちょっといいかな」

幸福の余韻に浸っていた私の意識を遮ったのは、普段よりも少し聞き取りにくい宇正の声だった。四人が扉の方を見ると、廊下側から宇正がこちらへ手招きしている。右頬を冷やしている氷嚢は、先ほどの名誉の負傷の証だ。

「わ、私？　ってか宇正、今日はもう帰るんじゃなかったの」

「いや、元気だから午後から普通に授業を受けるけど」

「あぁ、そうなの。重傷じゃなくて良かったね」

「それより話があるんだ。大事な話」

「なに、いきなり」

まさか怒られるんじゃないだろうな。宇正との会話では、価値観がぶつかり合ってしまうから嫌だ。顔をしかめた私に、「行ってあげたら？」と優奈がやんわりと出ることを促した。優奈に言われてしまっては、断ることも出来ない。食べかけの弁当を放置し、私はいやいや廊下に出た。

「話って何？」

「和也の話だよ」

「石黒くんの？」

首を捻る私に、宇正は一枚の紙きれを差し出した。ルーズリーフをちぎって作った簡易のメモ用紙、そこに宇正の文字で病院の名前と住所が書かれている。

「これ、あの病院じゃない？　石黒くんが入院してた」

「そうだよ、手紙を渡しに行ってくれたあの病院。僕ね、誤解してたって反省したんだ。北村さんはずっと、和也の為に闘ってたんだね」

「え？」

優しく語りかけられ、正直拍子抜けした。先ほどの京香たちとのやり取りを聞いて、お前の正義は何だ！　と罵られるのかと思っていたから。

「和也からLINEがきてたんでしょう？　きっとアイツも北村さんと話せて嬉しかったと思うんだ」

「なんか、宇正に優しくされると怖いんだけど」

「優しくなんかしてないよ。ただ、僕もね、ちゃんと自分の正しいと信じることをしなきゃいけないなって思って」

そう言って、宇正は私の手を握るようにしてメモ帳を押し付けた。氷嚢のせいなのか、冷たすぎる体温にドキリとする。

「今日の放課後、会いに行ってやって欲しい」

「えっ、石黒くんはまだ病院にいるの？　あ、通院中ってこと？　というか、私、今日の放課後は花と図書室に本を返しに行く約束が――」

「ダメ、これを優先して。お願いだから」

強い口調で言われ、私は思わず頷いた。宇正にこんな風に頼みごとをされたのは初めてだ。じっとこちらを見る彼の、その整った顔立ちに気圧される。歪に腫れた右頬をもってしても、彼の美しさは損なわれていなかった。

「……分かった」

頷く私に、宇正はほっとしたように目を伏せた。その睫毛は、憎らしい程に長かった。


宇正に言われ、学校から直接向かった総合病院までの道のりは、私にはずいぶんと長いものに感じられた。エレベーターを待つのがじれったく、階段で三階まで上がる。まだ一年も経っていないのに、至る所から懐かしさを感じる。清潔感のある白い壁には、見覚えのある油絵が飾られていた。幾重にも重ねられた絵の具に隠され、キャンバスの白は見えなかった。

ナースステーションをのぞき込むと、病棟用の電話が設置されているのが見えた。しまった、電話で先に確認を取ったほうがよかっただろうか。そう思ったものの、ここまで来てしまった以上はどうしようもない。私は覚悟を決め、「すみません」と声をかけた。

ガラス窓の奥から現れたのは、以前に来たときにもいたベテランの看護師だった。彼女はこちらと目が合うなり、驚いたようにその口を開いた。

「あれ、前に来てくれた子よね？　石黒和也くんの」

「そうです」

どうやら覚えていてくれたらしい。平静を装っていたものの、心臓がドクドクと高鳴り始める。だって、もうすぐだ。もうすぐ、石黒くんに会える。

「石黒くんのことで何か？　それとも別の用事？」

「あの、私、どうしても石黒くんに会いたくて。それで、お見舞いに来ました。それで、」

「お見舞い？」

彼女の眉間に皺が寄った。優しげだった表情は、一瞬にして険しくなる。やはりこういうことは事前に患者本人に相談しておかなければならないのだろうか。そう考えると唐突に、自分の行動がとても非常識なことのように思えてくる。宇正のヤツ！　と脳内で罵りながら、私は顔を隠すようにうつむいた。

「あ、あのすみません。前によくお見舞いに来てた宇正って子に、石黒くんに会った方がいいって言われてたんですけど、でも、まずは本人に聞いておくべきでしたよね。私、宇正くんが先に話を通してくれてるかと思ってて。すみません、もう私、帰り——」

「いやいや、そういうことじゃなくてね。あなた、本当に何も聞いてないの？」

私の言葉を遮り、看護師は尋ねた。やや低くなった声の端々からは、驚きの感情がにじんでいた。聞いているとはなんのことだろうか。浮かんだ疑問を、私は率直に口にした。

「何がですか？」

「何がって……」

気まずげな声を上げ、彼女はそこで口をつぐんだ。伝えるべきか否か。その沈黙からは看護師が逡巡していることがうかがえた。緊張のあまり拳を握っていたせいか、手のひらにべったりと汗をかいている。その不快さを無視し、私はじっと彼女の言葉の続きを待った。

数秒の間のあと、看護師がためらいがちに口を開いた。

「あの子、あなたたちがお見舞いに来た一カ月後に亡くなったのよ」

そういうことだったのか、と私は思わず息を呑んだ。彼女のたった一言で、全てが繋がった。私の脳裏に蘇ったのは、あの日見た図鑑の一ページだ。マーゲイとタマリン。騙すものと騙されるもの。

本当のマーゲイは一体誰だったのか。自分をタマリンと偽り、私を騙していたのは。視界が真っ赤に染まったのは、抑えられない怒りのせいかもしれない。

あぁ、私は馬鹿だ。

自分の意思で選んだつもりで、気付けば選ばされていた。手のひらの上で踊らされていることにも気付かず、ひたすらに信じてしまっていた。私の正しさは、最初から紛い物だったというのに。

ポケットに入ったままのスマホを、私は強く握り締める。

——アイツは、私を裏切ったのだ。

エピローグ　side justice

ボクは図書室が好きだ。まず、本の匂いが好き。紙の擦れる音も好き。静かな雰囲気も好きだけど、騒がしいくらいの話し声も嫌いじゃない。新刊コーナーができればすぐにチェックするし、興味のない本でも一度くらいは借りてみようと思う。例えば、生物大百科とか。

「その本、面白かった？」

図書委員に図鑑を手渡す佐々木花さんに、ボクは背後から語りかけた。突然クラスメイトに話しかけられて驚いたのか、佐々木さんの手から黒のスマホが滑り落ちた。ボクはそれを拾い上げ、佐々木さんの手に戻してあげた。

「あぁ、うん。ってか、いきなりどうしたの？　宇正が話しかけて来るなんて」

「今日は一人なんだね」

「本当は恵と来る予定だったのに、誰かさんが恵になんか言ったから」

「あはは、ボクのせいだね」

佐々木さんは返却手続きを済ませると、そのまま図書室を後にしようとした。離れていきそうになるその腕を、ボクは反射的に捕まえた。

「ねえ、話があるんだ」

「今度は私に？」

「うん。二人っきりで話がしたい」

カウンターに座っていた図書委員の子が、何故か急に顔を赤くした。まるで自分の存在を消したがっているみたいに、彼女は息を止めている。

「告白だって勘違いされてるよ」

佐々木さんが薄く笑った。僕は首を傾げる。

「告白であってるよ？」

何も変なことは言っていないのに、図書委員の子が今度は両手で顔を覆った。何故耳まで赤くするのか理解が出来ない。

佐々木さんは黙っていたが、やがて諦めたようにため息をついた。その眉尻が、へにゃりと下がる。

「二人っきりってどこで話すの？」

「図書室の窓際でいいよ。カーテンに隠れたら他の人に聞こえにくくなるから」

ボクはそう言って、佐々木さんの手を引いたまま窓へと近付いた。タッセルでまとめられていたカーテンを掴み、二人分の身体を包む。佐々木さんは至近距離からボクの顔を見上げると、「やっぱりすごく腫れてるね」と呑気な声で言った。

「殴られちゃったからね」

「痛かった？」

「そりゃあ痛いよ。でも、痛いのはそんなに苦手じゃないんだ。ボクが苦手なのは、正しくないことを見て見ぬフリすることかな」

佐々木さんが微かに眉をひそめる。口と目は笑っているのに、眉だけが不機嫌そうだった。

「何の話？」

「ごまかさないでよ、石黒和也」

その名を口にした途端、佐々木さんの笑顔が凍り付いた。彼女の胸ポケットから、マナーモード設定されているのであろうスマホの振動音が聞こえている。

「いきなり何言い出すの？」

「佐々木さんが落とした時、ＬＩＮＥの画面が見えた。君は、和也に成りすましてる」

「馬鹿言わないで」

「どうしてこんなことするの。北村さんが可哀想だとは思わないの？」

「何で今、恵が出てくるの」

「だって、北村さんは信じてる。北村さんだけじゃない、LINEをやってた子たちは皆信じてる。和也が生きてるって」

石黒和也は死んでいる。その事実を知っているのは、この学校ではボクだけだ。和也の母親がそれを望んだ。息子を殺した人間に、もうこれ以上和也のことに関わって欲しくないと彼女は言った。

だから、友達の中でボクだけが葬式に参列した。ボクだけが墓参りした。

「君は自分が何をやってるのか分からないの？　北村さんが和也の死を知ったらどれだけ傷付くか。君は皆を操るために和也を利用したんだ。君が、和也を二度殺した」

ボクの言葉に、佐々木さんは大きくため息をついた。その胸ポケットからは、まだ振動音が鳴り続けている。これだけしつこい着信だ、メールではなく電話に違いない。相手を確認しなくていいのだろうか。

まるで出来の悪い生徒を見る先生みたいに、佐々木さんは大きく首を左右に振った。

「じゃあ、知られなきゃいい。私は石黒くんの死を、恵に隠し通す。一生」

「無理だって思わないの？」

「無理じゃない。高校生の頃の友達なんて、大人になったら自然と忘れる。石黒くんともL

ＩＮＥのやり取りをするだけの関係になっていく。そしたらきっと、誤魔化せる」

「正気？」

「正気だよ。久住京香に復讐するには、これがベストな方法だった」

「ボクはそうは思わないけど。現に、こんな短時間でボクにバレた」

「でも、宇正が黙ってれば問題ない。宇正だって、久住たちに怒ってたんでしょう？　じゃあ、秘密にしてよ。それが石黒くんの為なんだって」

佐々木さんはそう言って、縋るようにボクの腕をシャツ越しに強く握った。ボクはその手を掬い取ると、優しく袖から引き剝がした。

「和也が許すかどうかは、和也自身が決めることだよ。和也の代わりに他人を裁くことなんて、誰にもできない」

「そうやって、宇正はいつも正論ばっかりだね」

「ボクは正しいことが好きだから」

「あっそう」

そのまま逃げようとした佐々木さんの腕を、今度はボクの方から摑んだ。だって、ボクにはまだ伝えなければならないことがある。彼女に触れているだけで、スマホの振動が伝わってきた。スマホはずっと震えている。

「ところで一つ、佐々木さんに告白しとかなきゃいけないことがあるんだ」

佐々木さんはボクから顔を逸らしたまま、窓の外を睨みつけている。裏庭をいくら見たって、現実から逃げられるわけじゃないのに。

「ボク、北村さんに和也に会うように言ったんだ。今頃看護師さんから聞いてるんじゃないかなぁ、和也が死んだって」

北村さんの名前を出した途端、佐々木さんがボクに摑みかかった。意外と暴力的な人だ。必死の形相でネクタイを引っ張る彼女に、ボクは大事なことを教えてあげた。

「ところでその電話、誰からかかって来てるのかな？」

佐々木さんの身体が固まる。その手が震えたままのスマホを取り出す。画面に表示されていたのは、着信相手の名前だった。

恵、と佐々木さんがつぶやいた。全てを察した彼女の全身から、力が抜け落ちていく。茫然とその場にしゃがみ込む彼女の肩を、ボクは優しく叩いてあげた。

「ゴメンね。ボク、オバケは信じていないんだ」

エピローグ　side kazuya

なだらかな傾斜の上に、雪の層が厚く積み上がっている。根元を白で覆い隠された木々の枝には、すでに枯れ葉すら残されていない。空に向かってもがくようにして伸ばされた枝にも雪が積もっており、ときおり白のかたまりがドサリと地面に落ちる音がした。しなる枝先に視線を向け、石黒和也は息を吐き出す。熱を含んだ吐息が、澄んだ空気を雪と同じ色に染め上げた。

「こっちだと思ったんだけどな」

ダウンジャケットに包まれた腕は、普段よりもずっと太い。額ににじむ汗を拭い、和也は大きくため息をついた。脳裏に浮かぶのは、お人好しな幼馴染みの顔だった。

宇正正義は昔からスキーが得意だった。いまごろは一人で上級者用のコースを満喫しているのだろう。颯爽と雪山を滑り降りる彼の姿を想像し、和也は思わず苦笑した。

昨日、和也は久住京香に振られてしまった。それはもう、ものの見事にばっさりと。しかし、不思議と怒りはなかった。LINE上で彼女が自分を笑いものにしていることも知っている。けれど、そもそも久住京香はあまりにも格上の存在だったから、こうした反応をされる可能性を、和也はきちんと考慮していた。それを覚悟のうえで、自分は彼女に告白したのだ。

あれから、正義はずっと自分を慰めてくれた。久住京香は誰が好きなのか、あの調子じゃアイツは気づいていないのだろう。正義は鈍いからな、と和也は無意識のうちに独りごちた。

「あー、すげえ雪」

空から舞う雪の粒は、朝に見たものよりもずっと大きかった。そろそろ帰らないと道がわからなくなるかもしれない。踵《きびす》を返そうとしたそのとき、和也の視界に鮮やかな金色が映り込んだ。

「キツネだ」

遠方から、二匹のキツネが木陰に隠れるようにしてこちらをうかがっていた。膨らんだ金色のシルエットは、間違いない、さっき自販機前で見かけたキツネと同じものだ。もしかすると、かわいそうな自分にゲレンデの神様がプレゼントをくれたのかもしれない。和也は慌ててダウンからスマホを取り出すと、その愛くるしい姿を写真に収めようとした。しかし、距離があるせいかピントが合わない。もっと近づかないといけないだろうか。和也は画面越しにキツネを凝視したまま、ゆっくりと歩みを進めた。と、そのとき、強烈な浮遊感が和也の足裏を襲った。地面がない。そう気づいたときには、和也の身体は斜面を勢いよく転がっていた。何が起こっているかもわからず、和也はただ強く目をつむることしかできなかった。いくつもの障害物に引っかかりながら、やがて和也の身体は滑り落ちることをやめた。坂が終わったのだ。打ちどころが悪かったのか、全身がしびれたように動かなかった。

「……っ」

痛みにうめきながら、和也は目をわずかに開こうとした。どうにかして助けを呼ばないと。スマホだ。そう思ったが、先ほどまで手にしていたはずの端末はいつの間にか消えていた。落ちている最中に、手から滑り落ちたのだろう。万策尽きた。自分にできるのは、ただここで助けを待つことだけだ。

「あ、」

目を開けると、世界は白銀に覆われていた。降り続ける雪はまるで満天の星のようだ。ここには誰もいない。誰も自分を傷つけない。これが神の与えた救いなのかと、和也は漠然と考えた。瞼が勝手におりてくる。闇のなかに浮かんだのは、なぜだか幼馴染みの顔だった。

約束、したのにな。

もう、唇も動かない。スマホの使い方を教えてやるってアイツに言ったのに。全身の感覚はすでになく、ただ頬を伝う熱い何かの存在だけが和也に自分が生きていることを教えてくれていた。

雪は次第に勢いを増し、和也の身体を覆い隠す。夜が明け、雲の切れ間からはひと筋の光がこぼれ落ちた。しなやかに伸びた枝の先端には、降り積もる雪とともに小さく蕾が並んでいる。冬の寒さを耐え忍んできた植物たちは、新たなる季節の気配を確かに感じ取っていた。

春はもう、そこまで来ていた。

解説

芦沢央

先日、大学時代の友人からLINEグループへの招待が届き、参加した途端に『ごめん、間違えた』というメッセージが来た。

『申し訳ないんだけど、招待し直すから、一度このグループからは退出してもらってもいいかな？』

グループのメンバーに並んでいたのは、サークルで同学年だった女子四人。在学当時、十数人いる同学年の女子の中で「特に仲が良いグループ」を作っていた四人組だ。

私はそのグループの中にはいなかったが、それぞれの子とはよく遊んだ。一晩中飲み明かしたり、本が好きな子とは本の感想を語り合ったり――一人一人大好きな友人で、楽しい思い出がいくらでもある。

けれど正直、私は彼女たちが時折見せる線引きだけは苦手だった。「うちら」という表現。「〇〇ってこういうところがあるからさ」という解説。まだその頃はLINEがなかったけれど、もしあったとしたら、彼女たちがしたであろう「グループの使い分け」にモヤモヤし、寂しく感じたのではないかと思う。

本書にも、様々なLINEグループが登場する。

〈石黒くんを待つ会〉

〈一年三組連絡用〉

〈キョーカとゆかいな仲間たち〉

〈ゆりあんぬ〉

〈タマリンのふれあい広場〉――

すべて、同じ学年の生徒たちがそれぞれの用途に応じて使い分けることを前提に作ったコミュニケーションの場だ。

だが、コミュニケーションの場とは言っても、ここで行われるやり取りは非常に歪《いびつ》で、暗黙の了解がたくさん存在する。

たとえば、〈石黒くんを待つ会〉に参加した主人公・北村恵は、コメント欄に打ち込んだ文字を送信する前に消去し、こう考える。

〈こうした大規模なＬＩＮＥグループでのトークには、カーストの上位に位置する生徒たちしか書き込んではならないという暗黙の了解がある。勘違いした地味な生徒が話題を振っても、既読数が増えるばかりで誰も返事をしてくれない。自身の立ち位置を把握していない人間ほど、滑稽なものはない。私は大丈夫。私は、ちゃんとわかっているから〉

そして、久住京香を中心にしたグループの面々が参加する〈キョーカとゆかいな仲間たち〉とは別に作られた〈ゆりあんぬ〉（女子四人の中で京香だけを除いたグループ）では、京香への悪口が書き込まれていたりするのだ。

登場人物たちはとても慎重に切実に、自分の立ち位置を見定め、どのグループでどう振る舞うかを計算して使い分けている。

だが、その中でヒエラルキーの頂点に位置する京香だけが、その使い分けに無頓着だ。そして、それこそが物語で起こる悲劇の発端となるのである。

スキー合宿中に石黒和也に告白された京香は、〈一年三組連絡用〉というクラスＬＩＮＥ

にその話を投下する。『で？　付き合うの？』と尋ねられて『そんなわけないじゃん』と即座に切り捨て、『普通に言っちゃったよね。「なんで私が？　罰ゲーム？」って』と続ける。

クラスLINEということは、石黒本人も見ているというのに。

京香は〈キョーカとゆかいな仲間たち〉のメンバーに向けて、『あ、ミスった。クラスLINEに誤爆した』と書き込むが、それでメッセージの送信を取り消すようなことはしない。むしろさらに『っていうかもう、ほんとショック。何を根拠にいけると思ったワケ？　お前とこっちじゃ人間のランクが違うだろおおお！』と続けることさえするのだ。

だが、そのLINEの直後、石黒が立ち入り禁止区域の坂から転落し、意識不明の重体となって発見されたことで、事態は変わる。

石黒は京香のせいで自殺しようとしたのではないか、という疑念がクラス全体、やがて学年全体にまで広がっていくのだ。

石黒は目を覚まさないまま転校する形になり、宙ぶらりんの状態で進級することになった京香は、「あれはただの冗談で、自分は本当に石黒くんを心配しているのだ」というアピールのために〈石黒くんを待つ会〉という名前の学年LINEを立ち上げる。

当然、学年の大半は冷ややかな目を向けているが、それでもそのグループは百五十人を超える規模にまで拡大し——そこで何と、石黒本人が登場するのである。

石黒は無事だったのだ、と罪悪感から解放されて沸き立つ京香たち。もはやこの時点で〈石黒くんを待つ会〉というグループ名は意味がなくなったように思われるが、何となくグループ名は変更されないまま、そのグループは単なる学年ＬＩＮＥとして残ることになる。

そして、その学年ＬＩＮＥ上で、京香たちは今度は別のクラスメイトの吊し上げを始めるのだ。

この展開において、対人でのやり取りはほとんど出てこない。「ヒエラルキーの上位しか発言権を持たない学年ＬＩＮＥ」という場での言葉による嘲りで、ターゲットにされたクラスメイトは現実の教室にもいられなくなってしまう。まるでＬＩＮＥにおいて、親指だけの操作でメンバーを退出させるように、簡単に排除されてしまうのだ。

「ＬＩＮＥいじめ」という言葉が聞かれるようになって久しいが、おそらく現実の世界でも至るところでこうした行為は行われているのだろう。追い詰められていく登場人物たちと呼応するように、物語全体を陰鬱な空気が覆い、読んでいるこちらも苦しくなっていく。

だが、ここでその淀んだ空気をなぎ払う爆弾が、これまたＬＩＮＥ上に投下されるのである。

タマリン『私は久住京香を許さない』

突如、学年LINEに現れた「タマリン」という匿名の存在。

京香を告発し始めたタマリンを、京香は怒り狂ってグループLINEから退出させる。だが、またすぐに別のタマリンが現れる。京香が退出させるたびに新たなタマリンが生まれ——そのキリのなさに愕然としたところで、京香は気づいてしまう。タマリンは一人ではない。つまり、正体がわからない無数の人間が自分に対して悪意を抱いているのだと。

一体、タマリンとは誰なのか。その共通の名前の裏には何人いるのか。タマリンたちは何をし、それによって何がどう変わっていくのか。

それは物語の中で確かめてもらいたいが、この「タマリン」という発明の秀逸なところは、グループLINEに書き込むことすら許されない、声を持たなかった者たちが、匿名の群れを作ることで大きな声を獲得していくということだ。

新たに権力を得た彼らは、もはや当人たちにさえ把握しきれない奔流の中で暴走していく。「正しさ」を御旗にした狂気が、彼らが抱いていた怒りや屈辱や怯えを飲み込んでいくのだ。

「キモイやつにキモイって言っただけじゃん。真実なんだもん、仕方ないでしょ」と躊躇《ためら》いなく言い放った京香を断罪していたはずの人間が、〈タマリンたちはただ事実を暴いただけ。真実を明らかにすることが、悪であるはずがない〉と、同じように躊躇いなく考えるシーンは、ホラーですらある。

狂っているのは誰なのか。

一体、どこから狂い始めたのか。

答えは、一文一文から染み出すように浮かんでくる。

そもそも、この学校という空間自体が狂っているのだ、と。

居場所を奪い合わざるを得ないほど狭い空間。

「許し」によって和を保つよう押し付けられること。

物語の中盤、恵が小学生の頃に「仲直り」をさせられた出来事について話すシーンがある。

〈「先生は私に向かって言ったの。『謝ったんだから、今度は北村さんの番ね。いいよって許してあげましょう』って」

なんで私が許すかどうかをお前が決めるんだ。そう、強く思ったことを覚えている。なのに空気を読んで、私は許すと言ってしまった。提示された選択肢は二つに見えて、一つしかなかった。私たち弱者はいつもそう。選ばしてやると言われながら、いつだって選べるものは決まっている〉

息が詰まるような展開の先にあるラストをどう受け止めるかは、読み手によって分かれるだろう。

救いのない皮肉と取るのか、切ない希望と取るのか。

私個人としては、後者だと感じた。なぜなら、この狂気に満ちた空間、その論理に囚われた「季節」はいつかは終わると思っているからだ。


大学生の頃、「特に仲が良いグループ」の面々が使う「うちら」という線引きにモヤモヤした私は、けれど今、「招待するグループを間違えたから退出してほしい」と頼まれても、まったくモヤモヤしなかった。

たしかにLINEグループってわかりづらいよなあ、としか思わなかったのだ。

彼女たちが四人だけのグループを作っているということは、今も彼女たちだけの交流があるのだろう。けれど私は、そこに自分が入っていないことよりも、彼女たち一人一人と過ごした時間があることの方が大切に思える。

結局、その後改めて来た別のLINEグループの招待に応じると、それは同学年女子全体のLINEグループだった。そこで相談して決めたランチ会に参加し、久しぶりとは思えないほど楽しい時間を過ごしたことで、私は自分の中の一つの「季節」が終わったのを感じたのだ。

石黒くんに春は来ない。

それが悲しく切ないからこそ、彼が他のクラスメイトよりも早く感じた春の気配がこれほどまでに胸を打つのだと、私は思う。

――作家

この作品は二〇一六年十一月イースト・プレスより
刊行されたものに大幅に加筆修正したものです。

幻冬舎文庫

●最新刊
リメンバー
五十嵐貴久

バラバラ死体を川に捨てていた女が逮捕された。フリーの記者で、二十年前の「雨宮リカ事件」を調べていたという。模倣犯か、それともリカの心理が感染した!? リカの闇が渦巻く戦慄の第五弾！

●最新刊
ミ・ト・ン
小川糸 文
平澤まりこ 画

マリカの住む国では、「好き」という気持ちを、手袋の色や模様で伝えます。でも、マリカは手袋を編むのが大の苦手。そんな彼女に、好きな人が現れて。ラトビア共和国をモデルにした心温まる物語。

●最新刊
ビデオショップ・カリフォルニア
木下半太

二十歳のフリーター桃田竜のバイト先《カリフォルニア》は、映画マニアの天国。しかし、店の乗っ取り、仲間の裏切り、店長の失踪など、問題だらけ。〃映画より波瀾万丈〃な青春を描いた傑作！

●最新刊
メデューサの首
微生物研究室特任教授　坂口信
内藤了

微生物学者の坂口はある日、研究室でゾンビ・ウイルスを発見。即時処分するが後日、ウイルスを手に入れたという犯行予告が届く。女刑事とともにその行方を追うが——衝撃のサスペンス開幕！

●最新刊
令嬢弁護士桜子
チェリー・ラプソディー
鳴神響一

幼い頃のトラウマで「濡れ衣を晴らす」ことに執着する一色桜子に舞い込んだ殺人事件の弁護。被疑者との初めての接見で無実を直感するが、事件の裏には空恐ろしい真実が隠されていた。

幻冬舎文庫

●最新刊
ダブルエージェント　明智光秀
波多野　聖

実力主義の信長家臣団の中でも、明智光秀の出世は異例だった。織田信長と足利義昭。二人の主君に同時に仕えた男は、情報、教養、したたかさを武器に、いかにして出世の階段を駆け上がったのか。

●最新刊
ぼくんちの宗教戦争！
早見和真

父の事故をきっかけに、両親は別々の神さまを信じはじめ、家族には〝当たり前〟がなくなった。ぼくは自分の〝武器〟を見つけ、立ち向かうが――。子どもの頃の痛みがよみがえる成長物語。

●最新刊
桜木杏、俳句はじめてみました
堀本裕樹

初めて句会に参加した、大学生・桜木杏。全くの初心者だけど、挑戦してみると難しいけど面白い。四季折々の句会で杏は俳句の奥深さを知るとともに、イケメンメンバーの昴さんに恋心を募らせる。

●最新刊
大人になれない
まさきとしか

母親に捨てられた小学生の純矢。親戚の歌子の家に預けられたがそこは大人になれない大人たちの吹き溜まりだった。やがて歌子が双子の姉を殺したと聞き純矢は真実を探り始めるが。感動ミステリ。

●最新刊
きっと誰かが祈ってる
山田宗樹

様々な理由で実親と暮らせない赤ちゃんが生活する乳児院・双葉ハウス。ハウスの保育士・温子は我が子同然に育てた多喜の不幸を感じ……。乳児院とそこで奮闘する保育士を描く、溢れる愛の物語。

幻冬舎文庫

●好評既刊
ワルツを踊ろう
中山七里

金も仕事も住処も失い、元エリート・溝端は20年ぶりに故郷に帰る。美味い空気と水、豊かなスローライフを思い描く彼を待ち受けていたのは、携帯の電波は圏外、住民は曲者ぞろいの限界集落。

●好評既刊
悪魔を憐れむ
西澤保彦

老教師の自殺の謎を匠千暁が追い、真犯人から〈悪魔の口上〉を引き出す表題作と「無間呪縛」「意匠の切断」「死は天秤にかけられて」の珠玉の本格ミステリ四篇を収録。読み応えたっぷりの連作集。

●好評既刊
おしゃれはほどほどでいい「最高の私」は「最少の努力」で作る
野宮真貴

「いつも同じ服でいい」「いざという時は黒に頼る」「赤い口紅を味方につける」 etc.…。元ピチカート・ファイヴのおしゃれカリスマが伝授する、今の自分を愛し、今の自分を生かすコツ。

●好評既刊
捌き屋 一天地六
浜田文人

鶴谷康の新たな仕事はカジノ（ＩＲ）誘致事業への参画を取り消された会社の権利回復。政官財と裏社会の利権が複雑に絡み合うその交渉は、想像を絶する事態を招く……。人気シリーズ最新作！

●好評既刊
君は空のかなた
葉山　透

新人編集者の雛子は、宇宙オタクの高校生・竜胆君に取材をすることに。並外れた頭脳と端整な容姿を持ちながら、極度の人間嫌いの彼は、引きこもりながら〝あの人〟との再会を待ち望んでいた。

石黒《いしぐろ》くんに春《はる》は来《こ》ない

武田《たけだ》綾乃《あやの》

令和元年12月5日　初版発行

発行人――石原正康
編集人――高部真人
発行所――株式会社幻冬舎
〒151-0051東京都渋谷区千駄ヶ谷4-9-7
電話　03(5411)6222(営業)
　　　03(5411)6211(編集)
　　　振替00120-8-767643
印刷・製本―中央精版印刷株式会社
装丁者――高橋雅之

幻冬舎文庫

ISBN978-4-344-42920-8　C0193　　た-67-1